David Grossman
Eine offene Rechnung

David Grossman

EINE OFFENE RECHNUNG

Aus dem Hebräischen von
Mirjam Pressler

Carl Hanser Verlag

Die Originalausgabe erschien 1982 unter dem Titel
hadu-krav
beim Verlag Massadah Publishing House in Tel Aviv.

Die Schreibweise in diesem Buch entspricht
den Regeln der neuen Rechtschreibung.

1   2   3   4   5   04   03   02   01   00

ISBN 3-446-19823-7
© David Grossman 1982
Alle Rechte der deutschen Ausgabe:
© Carl Hanser Verlag München Wien 2000
Umschlagzeichnung: Quint Buchholz
Satz: Satz für Satz. Barbara Reischmann, Leutkirch
Druck und Bindung:
Franz Spiegel Buch GmbH, Ulm
Printed in Germany

Unter dem Bett

Wir waren drei: Rami, der stärker als alle anderen der Klasse war, Amnon, der tapfer war wie ein japanischer Pilot und mit den Ohren wackeln konnte, und ich.

Nein, nicht gut.

Wir waren sieben. Sieben furchtlose Jungen. Glänzende Detektive mit scharfen Augen. Selbstverständlich hatten wir auch einen Hund dabei, wie könnte es anders sein; einen großen und gescheiten Hund, der im Notfall mit einem Revolver schießen und lügen konnte, ohne rot zu werden. Zusammen mit ihm waren wir unschlagbar.

Unschlagbar ...

Nein.

Wir waren keine drei und keine sieben, von einem Hund ganz zu schweigen. Ich war allein. Nur ich. Wenn vielleicht noch jemand dort gewesen wäre, hätte ich mich sicherer gefühlt, dort unter dem Bett, im Altersheim in Beit-Hakerem*, als ich da lag und auf diesen schrecklichen, gewalttätigen Kraftprotz von der medizinischen Fakultät in Heidelberg wartete, das in Deutschland liegt. Vielleicht – wenn noch

---

* Stadtteil von Jerusalem

jemand da gewesen wäre ... Ich verlangte ja nicht viel, nur jemanden, der wusste, was man in solchen gefährlichen Situationen machte; jemanden, der auch detektivische Erfahrung hätte. Es wäre auch gut gewesen, wenn er einen Revolver gehabt hätte; und vielleicht ein Vergrößerungsglas, damit er nachher die Fingerabdrücke an der Leiche feststellen konnte ...

Aber da ich die starke Befürchtung hegte, diese Leiche könnte mein Körper sein, mit dem mich eine starke emotionale Beziehung verband, erlaubte ich mir nicht, weiterhin solchen traurigen Gedanken nachzuhängen, sondern heftete meinen Blick auf den Lichtstreifen, der unter der Tür hindurchdrang.

Denn, wie gesagt, ich lag unter dem Bett. Außer dem unteren Teil der Tür konnte ich noch den bunten Teppich sehen, den grauen Koffer, der mit zwei Stoffgürteln zusammengehalten wurde, und die dünnen Beine von Herrn Rosental, die in seinen ewigen Turnschuhen steckten.

Aber natürlich muss ich mich erst mal vorstellen. Man kann schließlich eine Geschichte nicht einfach unter dem Bett anfangen. Das gehört sich nicht, und außerdem gibt es dort Staub.

Ich war zwölf Jahre alt, als sich diese Ereignisse zutrugen. Heute bin ich achtundzwanzig, und noch immer erinnere ich mich an mein Herzklopfen, als ich die näher kommenden Schritte des Kraftprotzes von der medizinischen Fakultät in Heidelberg hörte.

Ich sagte schon, dass ich allein war, das heißt da

unter dem Bett. Auf dem Bett nämlich saß Herr Rosental – Heinrich Rosental, siebzig Jahre alt, klein gewachsen und mit einer weißen Haarmähne. Aber unter dem Bett war ich sehr allein. Und ich erinnere mich, dass ich in diesen Sekunden der Einsamkeit und des Wartens noch dachte, dass meine Mutter vielleicht Recht hatte. Vielleicht war es wirklich nicht gut, dass ich keine Freunde hatte und immer allein oder in der Gesellschaft von allen möglichen seltsamen Freunden wie Rosental war. Meine Eltern waren etwas beunruhigt darüber, dass ich weder zu den Pfadfindern noch zu einer anderen Jugendgruppe ging und fast nie an den Klassenabenden teilnahm. Ich hingegen war nur wegen ihrer Sorgen besorgt, denn mit mir selber kam ich gut zurecht. Auch die Leute aus meiner Klasse hatten schon aufgehört, mich zu drängen, ich solle an ihren Aktivitäten teilnehmen – vielleicht, weil sie die Nase voll hatten, vielleicht auch nur, weil es ihnen egal war, ob ich kam oder nicht.

Damit kam ich, wie man so sagt, zurecht. Aber wenn mein Vater am Abend ins Zimmer kam, sich neben mich aufs Bett setzte, mich betrachtete und nichts sagte – das hielt ich schlecht aus. Sogar noch schlechter als die lautstarken Kräche mit meiner Mutter, die mich anschrie und sagte, dass ich mich manchmal wie ein alter Mann verhielte, nicht wie ein Junge mit zwölf. Aber meine Mutter kannte Herrn Rosental nicht. In dessen Pass stand zwar, dass er im Jahre 1896 geboren war, aber er war energisch und lebhaft wie ein Zwanzigjähriger und behauptete, mit siebzig fange das richtige Leben erst an.

Herrn Rosental lernte ich am Anfang des Schuljahres kennen. Unsere Lehrerin teilte uns in »Freiwillige Hilfsgruppen« ein, und unter den Aktivitäten, die sie vorschlug, gab es auch die Möglichkeit, sich um einen alten Menschen zu kümmern und ihm behilflich zu sein.

Als meine Mutter hörte, dass ich mir aus der Fülle der Angebote an freiwilligen Hilfeleistungen ausgerechnet die »Adoption« eines alten Menschen ausgesucht hatte und ihm zweimal in der Woche Gesellschaft leisten sollte, sagte sie nur: »Und was?« Ihr, die ihr sie noch nicht kennt, müsst verstehen, dass dieses »Und was?« nur die Abkürzung des folgenden Satzes war: »Und was habt ihr gedacht? Statt dass er sich Freunde in seinem Alter sucht, statt dass er Fußball spielt und Sport treibt, statt dass er seine Bücher und sein blödes Kaninchen mal sein lässt, nein, statt alledem geht er hin und sucht sich einen Freund von siebzig Jahren. Und ich bin sicher, dass er das nur tut, um mich zu ärgern.« Das ist die volle, ungekürzte und unveränderte Bedeutung dieses »Und was?« meiner Mutter. Ihr müsst zugeben, dass es viel sparsamer ist, einfach »Und was?« zu sagen, statt eine ganze Rede zu halten. Aber es half ihr nichts, ich schloss mich der Gruppe von drei weiteren Schülern an, und wir fuhren zum Altersheim, das man auch »Seniorenheim« nennt und das sich in Beit-Hakerem in Jerusalem befindet.

Dazu möchte ich etwas sagen.

Ich weiß, dass es Kinder und Jugendliche gibt, die alte Leute nicht leiden können. Die sagen, dass alte Leute manchmal unangenehm riechen, oder dass ihre Gesichter voller Falten sind, oder dass sie einem einfach auf die Nerven gehen, weil sie so langsam sind. Man kann das aber auch so sehen: Es gibt solche vernachlässigten alten Leute, aber doch nur deshalb, weil jemand sie vernachlässigt. Weil keiner für sie sorgt und sie liebt. Das ist ganz einfach, wie eine Grundregel in der Grammatik: Wenn man jemanden verlässt, ist er verlassen. So ist das.

Diese Dinge habe ich mir nicht selbst ausgedacht; ich hörte sie viele Male von den Leuten im Altersheim, wenn ich bei ihnen saß und mit ihnen redete, während ich auf Rosental wartete. Viele von ihnen hatten vorher Familie und Freunde und Arbeitskollegen gehabt, aber von dem Moment an, als sie ins Altersheim gekommen waren, war es, als wären sie von allen vergessen. Es gab dort alte Leute, die sogar von ihren eigenen Kindern nicht mehr besucht wurden. Ich könnte viel über dieses Thema sagen, aber nicht jetzt. Denn jetzt kann man schon deutlich die schweren Schritte vor Rosentals Zimmer hören.

Das Geräusch dieser Schritte mischte sich mit dem Klopfen des Blutes in meinen Adern.

Aus meinem besonderen Blickwinkel konnte ich sehen, wie Rosentals dünne Beine in seinen Hosen zitterten, und ich wusste, dass auch er Angst hatte, obwohl er mir gegenüber heute schon mindestens siebenmal ausdrücklich betont hatte, er zittere nur vor einer schrecklichen, kaum zu beherrschenden Wut. Aber mindestens siebzehnmal hatte er mir erzählt, dass dieser Kraftprotz von der medizinischen Fakultät Schuhgröße 47 hatte und beim Scheibenschießen mit dem Revolver Sieger der Heidelberger Universität gewesen war. Und dass er mit einer Hand alle zwölf Bände der deutschen Enzyklopädie für Medizin aufheben konnte. Und dass er einmal fünf deutschen Studenten die Zähne ausgeschlagen hatte, als sie beleidigende Bemerkungen gegen Juden gemacht hatten.

Noch etliche solcher heldenhaften und schaurigen Geschichten hatte Rosental mir im Laufe des Tages erzählt. Und nach jeder Geschichte hatte er schwer geatmet und sein Gesicht unter dem weißen Haarschopf war sehr rot geworden. Dann hatte er sich mit der Faust in die Hand geschlagen und mit einem starken deutschen Akzent gesagt: »Er soll sich nur trauen und hierher kommen, ich werde ihm eine Lektion in Drohungen und Beleidigungen verpassen! Mich nennt er einen Dieb, dieser ungehobelte Klotz, dieser ungebildete Kerl, mich? Er soll nur kommen, ich werde ihm diese gemeine Frechheit schon austreiben!«

Das hörte sich etwas seltsam an, denn Herr Rosental war dünn und klein wie ein Kind, und obwohl er sehr sportlich war und jeden Tag im geheizten Hallenbad der Universität schwimmen ging, und obwohl er mich immer verspottete, der einzige Sport, den ich treibe, wäre das Blinzeln mit den Augen, wenn ich beim Lesen eine Seite umblättere – trotz alledem hatte ich das dumpfe Gefühl, dass im Falle eines Kampfes zwischen »meinem« Alten und dem Champion im Freistilstemmen von Enzyklopädien Rosental keine großen Chancen hätte.

Als ich das ganz vorsichtig andeutete, kicherte er nervös und sagte spöttisch, wenn ich Angst hätte, sollte ich doch gleich heimgehen oder im Korridor warten, bis der schreckliche Kampf vorbei wäre, und ihm dann helfen, den Kraftprotz hinauszurollen oder, besser gesagt, seine kläglichen Überreste. Er sprach mit einem so bitteren Spott zu mir, dass ich verstand, wie sehr er sich fürchtete. Deshalb sagte ich klipp und klar, ich würde bei ihm bleiben, egal, was passieren würde.

Ohne ein Wort zu sagen kam er zu mir und drückte mir die Hand. Ich sah, wie er die Lippen zusammenpresste, und das war ein Zeichen dafür, wie bewegt er war. Dann folgte ein kurzes Schweigen, in dem aus der Berührung unserer Handflächen Kraft, Freundschaft und feste Entschlossenheit erwuchs.

Aber als sich unsere Hände trennten, wurde ich wieder von der Angst gepackt. Ich sah, dass auch Rosentals Schultern etwas zusammensackten. Und dann fing er damit an, dass er mich überhaupt nicht in so eine üble Angelegenheit hineinziehen dürfe, wer wüsste denn, wie alles ausginge, besonders, wenn es sich um so einen wirklich ungehobelten Klotz wie Rudi Schwarz handelte, und es wäre tatsächlich besser, wenn ich nach Hause ginge.

Ich hingegen sagte, darüber brauchten wir gar nicht zu reden, ich würde nämlich bleiben. Denn nach der Beschreibung des Kraftprotzes und dem zu urteilen, was sich aus dem seltsamen Drohbrief folgern ließ, den er Rosental geschrieben hatte, wäre es ein Verrat meinerseits gewesen, wenn ich ihn mit diesem Kerl allein gelassen hätte. Nicht, dass ich so stark gewesen wäre – im Gegenteil. Aber so wären wir wenigstens zwei gegen einen, und die Chancen würden sich verdoppeln, dass einer von uns am Leben bliebe, um die Geschichte des Kampfes kommenden Generationen zu erzählen. Oder besser gesagt, der vorhergehenden Generation, das heißt meiner Mutter und meinem Vater.

Und so gelangten wir zu dem ausgeklügelten Plan: Ich würde mich unter dem Bett verstecken, bis die üblen Absichten des Kraftprotzes aus Heidelberg klar wären, und dann würde ich von meinem Versteck aus den Bösewicht angreifen und vernichten oder ihm wenigstens einen Fußtritt versetzen.

Ich habe gesagt: »bis die üblen Absichten klar wären«. Die Absichten des Kerls waren aber sehr klar und standen mehr als deutlich in dem Brief, der an diesem Morgen im Altersheim angekommen und Rosental übergeben worden war.

Dieser Brief lag nun auf dem Tisch und lautete folgendermaßen:

»Sie abscheulicher und schamloser Dieb! Wenn Sie mir bis heute Abend um sieben Uhr ihren Mund

*nicht zurückgeben, werde ich kommen und ihn mir
holen, um jeden Preis.*«

Ganz unten auf der Seite stand mit roter Tinte, die
mir einen seltsamen Schauer über den Rücken laufen
ließ:

»*Ehre oder Tod.*«

Unterschrieben war der Brief mit Rudi Schwarz.

Immer noch unter dem Bett

Alle möglichen ausgefallenen Gedanken kommen einem Menschen in den Kopf, wenn er seinen Blickwinkel auf die Welt ändert. Mir zum Beispiel.

Als ich dort im Altersheim in Beit-Hakerem in Rosentals Zimmer unter Rosentals Bett auf dem Bauch lag, überlegte ich mir, dass aus dieser Ebene, der Ebene des Fußbodens, die Welt ziemlich beängstigend aussah. Der Papierkorb war groß wie ein Fass; Rosentals kleiner, grauer Koffer erhob sich mir gegenüber wie ein großer Schrank; und nur seine Füße, Rosentals Füße, die vom Bett baumelten, sahen dünn und klein aus wie immer. Ich dachte mir, Babys und kleine Kinder leiden und fürchten sich deswegen, weil für sie alle Sachen groß und bedrohlich aussehen.

Dann dachte ich, dass auch alten Leuten die Welt gefährlich vorkommen muss, zu schnell, zu raffiniert. Sogar Rosental, der ein moderner alter Mann und wirklich topfit war, sagte, dass er Angst davor habe, den Aufzug zu benutzen, denn Aufzüge habe es zu seiner Zeit noch nicht gegeben. Aber ich hatte den Verdacht, dass er mich nur auf den Arm nahm, denn alle anderen modernen Geräte benutzte er ohne Vorbehalte.

Ich hätte sicher noch lange Zeit so nachdenken können. Meine Mutter sagte immer, es gäbe Leute, die in Gedanken versinken könnten, aber ich würde in ihnen glatt ersaufen. Manchmal hatte sie Recht.

Aber in jenem Augenblick hatte ich gute Gründe, mir Sorgen zu machen. Nicht nur wegen dieser philosophischen Gedanken, sondern aus viel konkreteren Gründen. Es war nämlich schon eine Minute vor sieben Uhr, und hinter der Tür waren keine Schritte mehr zu hören.

Ich und Rosental, der eine unter dem Bett, der andere darauf, wussten beide genau, dass Rudi Schwarz, der schreckliche Kraftprotz von der medizinischen Fakultät in Heidelberg, hinter der Tür stand und vor Wut kochte. Und wenn ein Mensch mit Schuhgröße 47 hinter der Tür steht und vor Wut kocht, und wenn er auch noch Sieger im Scheibenschießen war, hat man schon zwei gute Gründe, sich Sorgen zu machen.

Aber noch fehlte eine ganze Minute bis sieben. Ich wusste es, weil ich meine Uhr nach dem Radio gestellt hatte, und das Radio war nach der Uhr Rosentals gestellt. So etwas Ähnliches sagte wenigstens der Leiter des Altersheims immer, denn sowohl Rosental als auch seine Uhr waren äußerst pünktlich. Und Nechemja Tussia, so hieß der Leiter, betätigte die elektrische Klingel, die sich im Speisesaal befand und mit deren Hilfe die Leute zum Essen gerufen wurden, erst dann, wenn er Rosental die Treppe herunterkommen sah.

Weil noch eine ganze Minute bis sieben Uhr fehlte und weil Rudi Schwarz, der Riese hinter der Tür, genau wie Herr Rosental aus Deutschland kam, wusste ich, dass er draußen im Korridor warten würde, bis es genau sieben Uhr wäre. So stand es in dem Brief, der nun auf dem kleinen Tisch lag. Und obwohl er Rosental einen abscheulichen und schamlosen Dieb genannt hatte, und obwohl er mit Tinte, rot wie Blut, »Ehre oder Tod« geschrieben hatte – Ordnung musste sein, trotz allem, und er würde vor dem festgelegten Zeitpunkt nicht ins Zimmer treten.

Wenn man sich sehr fürchtet, kommt einem jede Minute wie eine Ewigkeit vor oder wenigstens wie fünf Minuten. Weil das so ist, werde ich nun die Beschreibung der Ereignisse kurz unterbrechen, um euch endlich genau zu erzählen, wer Rosental war, wer der Kraftprotz war und was er von Herrn Rosental wollte.

Ich habe schon berichtet, dass ich Rosental zusammen mit einigen Schülern aus meiner Klasse kennen lernte, als ich mich zu der Freiwilligengruppe »Adoption alter Menschen« gemeldet hatte.

Die größten Probleme der Alten an einem Ort wie diesem sind Langeweile und Einsamkeit, und deshalb ist es wichtig, dass jemand da ist, der sich um sie kümmert. Vier Schüler hatten diese Aufgabe zu Schuljahresbeginn übernommen, aber nach drei Monaten war ich der Einzige, der weitermachte. Die anderen sagten, sie hätten keine Zeit, und die Alten, die sie adoptiert hatten, seien nicht besonders geduldig gewesen. Aber ich weiß, dass es ihnen einfach zu schwer gefallen ist, eine Stunde ruhig dazusitzen und sich die Geschichten der Alten anzuhören, die nicht immer besonders spannend waren. Und überhaupt – in unserem Alter kam es uns vor, als würden sich alle Dinge unheimlich schnell abspielen, als könnte man alles versäumen, wenn man einen Augenblick nicht aufpasste. Deshalb war es schwer, »am Knopf zu drehen« und auf einen anderen Rhythmus umzuschalten, einen viel langsameren, den Rhythmus des Alters.

Natürlich mache ich meinen Mitschülern keine Vorwürfe, dass sie es nicht ausgehalten und ihre Besuche bei den Alten eingestellt haben. Ich glaube, an ihrer Stelle hätte ich auch Schwierigkeiten gehabt. Auch meine Mutter hörte nicht auf mir zu erklären, ich hätte, ihrer Meinung nach, meine Aufgabe schon mehr als erfüllt, und langsam wäre es an der Zeit, dass ich mir Freunde suchte, deren Alter nicht das Doppelte von fünfunddreißig wäre. Nicht dass sie etwas gegen Multiplikationstabellen hätte, im Gegenteil. Auch gegen freiwillige Hilfeleistungen hätte sie nichts, Gott behüte. Aber sie behauptete, ich würde mich wegen meiner sozialen Aktivitäten selbst vernachlässigen. Und sie verstünde wirklich nicht, warum ich mich so für alte Leute interessierte. Ich hätte kaum Freunde meines Alters.

An diesem Punkt mischte sich mein Vater regelmäßig in das Gespräch und erzählte mir, dass er, als er mit zwölf Jahren nach Israel kam, kein Hebräisch gekonnt habe und deshalb natürlich lange Zeit keine Freunde hatte, worunter er sehr gelitten habe. Mein Vater sprach oft über diese Zeit seines Lebens. Ich glaube, mit vierzig Jahren taten ihm noch immer die Kränkungen weh, die er als Junge erlitten hatte.

Ich erklärte ihnen immer wieder, dass ich keineswegs litt, dass es mir gut ging. Sie wussten natürlich, dass es Zeiten gegeben hatte, in denen ich geselliger gewesen war. Sie erinnerten sich auch an die Zeit meiner festen Freundschaft mit Elischa, bevor er nach Haifa gezogen war und mich, voll mit einer ungerechten Wut auf ihn, zurückgelassen hatte. Aber sie konnten beim besten Willen nicht verstehen, dass es Perioden in meinem Leben gab, in denen ich allein sein musste. Dass ich dann viel Zeit brauchte, weil es plötzlich zu viele Dinge gab, in Bezug auf mich selbst und die ganze Welt, die ich versuchen musste zu verstehen.

Doch die Wahrheit ist, dass es mir überhaupt nicht schwer fiel, weiterzumachen und Rosental ein- oder zweimal in der Woche zu treffen, weil ich einfach mit ihm zusammen sein wollte. Bei Rosental hatte ich nämlich nie das Gefühl, ich würde ihm helfen, manchmal dachte ich sogar, das Gegenteil wäre der Fall: Er wäre es, der mein Leben interessanter machte.

Über diese Dinge sprach ich mit meinen Eltern nicht, weil es mir nämlich überhaupt schwer fällt, über komplizierte Dinge zu sprechen oder genau das zu sagen, was ich denke. Ich kann darüber schreiben, so wie jetzt oder wie damals, als ich in meinen Briefen an Elischa darüber schrieb. Aber sich hinzustellen und diese Gedanken laut irgendjemandem zu sagen – das nimmt ihnen jeden Geschmack. Ich glaube, manche Dinge gehen kaputt, wenn sie an die Luft kommen. Deshalb wird es in dieser Geschichte einiges geben, das ich vielleicht nicht in allen Einzelheiten erkläre, weil ich einfach keine Lust habe, darüber zu sprechen, und ich hoffe, dass ihr mich auch so versteht.

Doch jetzt muss ich mich beeilen.

In diesem Moment nämlich waren drei laute Schläge gegen die Tür zu hören, so, als würde jemand mit der ganzen Hand dagegen schlagen, mit allen fünf Fingern. Aus einem weiter entfernten Zimmer des Altersheims hörte ich den Signalton für die Nachrichten, daher wusste ich, dass der Kraftprotz von der Heidelberger Universität tatsächlich pünktlich war.

Die Beine von Herrn Rosental bewegten sich plötzlich. Das Bett über mir knarrte. Ich sah, wie sich seine Schuhe, die abgetragenen Turnschuhe, in Richtung auf den Tisch entfernten und dort mit zur Tür gewendeten Schuhspitzen anhielten.

Ich erriet, dass er neben dem Drohbrief stand, den er am Morgen bekommen hatte, und ich erriet auch, dass er seine Schultern so gut wie möglich straffte, um größer und beängstigender auszusehen, als er tatsächlich war.

»Kommen Sie herein, Herr Schwarz«, sagte er und ich hörte die Anstrengung in seiner Stimme.

Sofort ging die Tür auf, und in der Öffnung erschienen die größten Füße, die ich je gesehen hatte. Die Füße steckten in Schuhen, die wie kleine Kähne aussahen, und die beiden Kähne fingen an, in meine Richtung zu segeln, das heißt ins Zimmer herein. Ich fühlte, wie mir das Herz in der Brust dröhnte, manchmal auch etwas unterhalb, und im Zimmer herrschte eine vollkommene Stille, bis die Tür mit einem leichten Schlag geschlossen wurde.

Dann hörte ich plötzlich eine fremde Stimme, eine schwere und gequetschte Stimme, die sagte: »Herr Rosental, ich bin gekommen, um Ediths Mund zu holen.«

»Es tut mir Leid, Herr Schwarz«, antwortete mein Herr Rosental mit einer sehr angespannten Stimme, »es tut mir Leid, ich habe nur ihre Augen, das wissen Sie genau.«

Wenn mir Herr Rosental nicht eine Stunde zuvor die Sache erklärt hätte, hätte ich bestimmt geglaubt, die beiden wären verrückt geworden.

Ediths Augen

Von meinem Beobachtungspunkt unter dem Bett aus, einem Ort, der gewöhnlich Hausschuhen und Staubflocken vorbehalten bleibt, konnte ich das Gesicht von Rudi Schwarz nicht sehen. Ich sah seine riesigen Schuhe und ich sah auch die Ränder seiner grauen Hosen, das war alles.

Ich gebe zu, dass es schwer ist, sich mit solchen dürftigen Einzelheiten zu behelfen, wenn man eine Art Krimi erzählen will, aber mehr steht mir nicht zur Verfügung. Ich stimme euch auch zu, wenn ihr meint, es sei an der Zeit, dass der Schreiber – also ich – endlich unter dem Bett hervorkommt, einem Ort, an dem er sich zwei volle Kapitel lang aufgehalten hat. Er sollte endlich anfangen zu handeln und seine Fähigkeiten demonstrieren, bevor er mit dem dritten Kapitel weitermacht.

Aber natürlich war das nicht der richtige Zeitpunkt, sich zu zeigen und anzugreifen. Und das umso mehr, als ich zu der Zeit, in der sich die Ereignisse zutrugen, nicht daran dachte, dass ich sie eines Tages jemandem erzählen würde. Und erst recht habe ich sie, die Ereignisse, auch nicht in Kapitel aufgeteilt.

Eines muss ich jedoch klarstellen: Obwohl ich unter dem Bett lag, konnte ich die Vorgänge im Zimmer sehr genau verfolgen.

Erstens, ich sah sowohl die Füße des Kraftprotzes Rudi Schwarz als auch Rosentals und wusste deshalb immer genau, wo sie sich befanden (für den Fall, dass die Polizei von mir eine Rekonstruktion der Vorgänge im Zimmer verlangen würde). Und zweitens lag ich direkt gegenüber von Rosentals Koffer, in dem sich, wie ich wusste, einer der Schlüssel dieses ganzen Geheimnisses befand.

Ich möchte einiges erklären.

Bei meinem ersten Besuch fragte ich Rosental nach seiner Lebensgeschichte. Ich wusste, dass alte Leute gerne aus ihrem Leben erzählen. Das ist eigentlich ziemlich natürlich, denn wenn ein Mensch aufhört, selbst Sachen zu machen, bleiben ihm nur die Erinnerungen an das, was er mal getan hat. Aber als ich versuchte, Rosental über seine Vergangenheit auszufragen, wurde er wütend, legte mir die Hand auf die Schulter und sagte: »Hör gut zu, Freund David«, wobei er auf typisch deutsche Art meinen Namen auf der ersten Silbe betonte. »Was ich getan habe, habe ich getan. Vielleicht werde ich dir mal alles erzählen, wenn ich alt bin und Zeit dazu habe. Wichtiger ist aber, was ich heute tue, stimmt's?«

So sprach er und drückte meine Schulter mit solcher Kraft, dass ich ihm sofort Recht geben musste.

Damals fing ich an, mir Sorgen zu machen: Wenn er nicht die Absicht hatte, über sich selbst zu sprechen, was sollten wir dann bei unseren Treffen immer tun?

Aber mir wurde schnell klar, dass diese Sorgen grund-
los waren. Das Leben in Rosentals Gesellschaft war
so stürmisch, dass uns fast keine Zeit blieb, darüber
oder über die Vergangenheit zu sprechen.

Immer gab es Häuser oder Straßen in der Stadt, die
er mit seinem Fotoapparat, einer alten »Box«, aus
einem neuen Winkel oder zu einer anderen Tageszeit
fotografieren wollte. Immer gab es irgendwelche Är-
gernisse, auf die er mit wütenden Leserbriefen an die
Zeitung reagieren musste. Es gab auch heftige Sit-
zungen des »Kundschaftervereins der Senioren zur
Bewachung des Stadtbildes«, ein Verein, den Rosental gegründet hatte und bei dem alle seine alten
Freunde aus dem Café Almog Mitglieder geworden
waren, weil er sie dazu überredet hatte.

Übrigens lehnte er es ab, mich an den Erkundungs-
gängen des Vereins teilnehmen zu lassen. Seiner Meinung nach wusste nur ein Mensch, der die siebzig
überschritten hatte, wie man sich auf angemessene
Art zu den Überresten der Vergangenheit verhält, das
heißt auf eine interessierte und nicht künstlich senti-
mentale Art, die fehl am Platz war.

Aber auch er, der sich vor Nostalgie hütete, trug
seine Vergangenheit überall mit sich herum: Der alte
graue Koffer, der mit zwei Stoffgürteln zusammengehalten wurde, war mit ihm durch die ganze Welt ge-
wandert, und in ihm waren die Dinge, die seinem
Herzen am teuersten waren.

»Wenn man eine Pflanze in einen neuen Blumen-
topf pflanzt«, sagte er immer, »muss man ihr ein biss-

chen Erde vom alten Topf mitgeben, und hier in diesem Koffer befindet sich meine Erde.«

Nur ein einziges Mal hatte ich diesen Koffer offen gesehen. Das war, als die alte Nonne vom »Kloster der Kleinen Schwestern Jesu« zu Rosental ins Zimmer kam, eine Nonne, die fließend Hebräisch sprach. Damals öffnete er den Koffer und nahm eine alte Karte mit seltsamen Skizzen heraus. Aber das gehört schon zu einer anderen Geschichte, die ich mit Rosental erlebt habe, und vielleicht erzähle ich sie später mal.

Damals, als Rosental den Koffer öffnete, entdeckte ich in ihm mehrere Bündel Papier, von einer engen Handschrift dicht beschrieben und mit dünnen Schnüren zusammengebunden. Ich sah auch ein dickes Buch mit einem weißen Einband, der von Ruß geschwärzt war, und ein großes Foto von einem jungen Mann in einer seltsamen Uniform. Dann bückte sich Rosental, um den Koffer zu schließen, und ich konnte gerade noch eine kleine, mit Ornamenten verzierte Messingdose sehen, eine vergoldete Medaille und einen großen eisernen Revolver. Der Koffer ging wieder zu, und ich blieb aufgeregt und neugierig zurück – und mit dem starken Gefühl, etwas versäumt zu haben.

Als ich da unter dem Bett lag, nahm ich allerdings an, ich hätte gute Aussichten, den Inhalt des Koffers noch einmal zu sehen. Schließlich wusste ich, dass sich die Augen, von denen Heinrich Rosental zu Rudi Schwarz gesprochen hatte, darin befanden.

Der Koffer wurde aber nicht gleich geöffnet, sondern erst, nachdem das zornige Treffen vorbei war. Aber das wusste ich noch nicht. Mit gespannter Aufmerksamkeit folgte ich dem Zwiegespräch der beiden Stimmen. Die dazugehörigen Männer blieben meinen Augen verborgen.

Die riesigen, schwarz glänzenden Schuhe sagten: »Rosental, Sie haben meinen Brief heute bekommen, und Sie wissen, was ich von Ihnen fordere.«

Die abgetragenen Turnschuhe sagten: »Der Ton Ihres Briefes war äußerst grob, Herr Schwarz, aber darauf will ich jetzt nicht eingehen. Sie haben mich in Ihrem Brief einen Dieb genannt, und dabei wissen wir beide, wenn einer von uns ein Dieb ist, dann sind Sie es. Sie sind es, der mir Ediths Herz gestohlen hat – doch auch darüber möchte ich jetzt nicht sprechen.«

Nun waren die schwarzen Schuhe wieder dran: »Sehr gut. Es hat wenig Sinn, über Ereignisse zu sprechen, die fast dreißig Jahre her sind. Sprechen wir über die Gegenwart – den Mund. Wo ist er?«

Die Turnschuhe antworteten: »Aber Rudi, du weißt doch, dass ich so was im Leben nicht tun würde.«

Die riesigen Füße des Kraftprotzes trampelten auf dem dünnen Teppich. Feine Staubwolken wurden zu mir getrieben, und ich hatte Angst, ich müsste laut niesen.

»Hör mir zu, Heinrich Rosental«, sagte Rudi Schwarz. »Gestern Morgen entdeckte ich, dass der Mund verschwunden ist. Dieser Mund, dieser lebendige, lachende Mund! Das Bild ihres Mundes lag auf der Kommode in meinem Wohnzimmer. Mehr als zwanzig Jahre lang lag es dort, und gestern war es verschwunden.«

»Ich war es nicht«, murmelte Rosental. »Das nicht ... Halt mal! Hattest du vorgestern vielleicht Gäste oder ungewöhnliche Besucher?«

»Ich bekomme jeden Tag Besuch von vielen Leuten«, sagte Rudi Schwarz und ich bemerkte den Stolz in seiner Stimme. »Von sehr vielen Leuten. Einer von ihnen hat das Bild. Einer, der in deinem Auftrag gekommen ist, Rosental.«

Da ich keine Antwort von Rosental hörte, nahm ich an, er schüttelte den Kopf.

»Also wer, wenn nicht du?«

Der Schrei war so scharf, dass ich auf meinem Platz zusammenzuckte. Schwarz stampfte mit dem Fuß auf den Boden und machte einen Schritt vorwärts. »Wer, wenn nicht du?«, wiederholte er seine Frage. »Nur du hast gewusst, dass das Bild ihres Mundes bei mir ist. Du hast es gewusst, weil Edith es dir gesagt hat, als sie sich von dir verabschiedete. Damals hat sie dir das zweite Bild gegeben, die Kohlezeichnung ihrer Augen. Das waren die beiden letzten Bilder, die sie in ihrem Leben gemalt hat, Heinrich. Diese Bilder sind nicht in den Büchern erwähnt, die über Edith geschrieben wurden, sie erscheinen nicht in den Katalogen der Museen. Nur du und ich wissen von ihnen.«

Rosentals Stimme klang plötzlich müde und erschöpft. »Aber Rudi, weswegen sollte ich so etwas tun wollen?«

Einen Moment herrschte Schweigen, dann sagte Rudi Schwarz mit einer Stimme, die kaum seine Wut verbarg: »Weswegen? Ich könnte mir zwei gute Gründe vorstellen, Rosental, mein Freund. Der erste ist der Wert des Bildes. Stell dir vor, ein bisher unbekanntes Bild von Edith Strauss! Es ist Millionen wert, Rosental, und du weißt das so gut wie ich. Und der zweite Grund? Eifersucht! Deine Eifersucht auf mich. Deine wahnsinnige Eifersucht auf Edith. Erinnerst du dich?«

Er sprach flüsternd, böse. Ich hasste ihn und spannte meine Muskeln zum Sprung.

Rosental rührte sich wieder. »Du unterliegst einem bitteren Irrtum, Schwarz«, sagte er ruhig. »Die Augen sind wirklich bei mir, und ich hüte sie, so gut ich kann. Ich schätze dieses Bild nicht wegen seines Wertes auf dem Kunstmarkt, sondern wegen der Liebe, die ich für Edith empfunden habe. Ich weiß, dass auch du sie geliebt hast und dass auch dir dein Bild viel bedeutet, und zwar nicht, weil es heute Millionen wert ist. Und weil ich das weiß, wäre es mir nie in den Sinn gekommen, es dir wegzunehmen.«

Rosental sprach ruhig, mit verhaltener Wärme und so überzeugend, dass ich am liebsten unter dem Bett hervorgekommen wäre, mich vor Rudi Schwarz hingestellt und gesagt hätte: Sehen Sie nicht, dass er die Wahrheit sagt? Verstehen Sie das nicht? Aber natürlich bewegte ich mich nicht von meinem Platz.

»Du weigerst dich also«, sagte Schwarz und ich fühlte, wie mir ein kalter Schauer über den Rücken lief. »Gut, wenn das so ist, Herr Rosental, hören Sie mir zu. Wenn Sie ein anderer Mensch wären und wenn auch ich ein anderer Mensch wäre, hätten wir uns mit diesem Fall an die Polizei wenden können. Aber zwischen Menschen wie uns ist kein Platz für Polizei. Wir sind beide Studenten der Universität Heidelberg, das an den Ufern des Neckars liegt, und dort gab es andere Wege, Ehrenhändel zu lösen. Stimmt das, Heinrich?«

»Von was sprichst du?«, fragte Rosental erstaunt.

»Tu nicht so naiv. Du weißt genau, von was ich spreche«, antwortete der andere. »Und ich schlage vor, dass wir keine Fremden in die Sache hineinziehen. Hier, in diesem Land, in dieser Zeit, wird uns kein Mensch verstehen.«

»Großer Gott«, sagte Rosental plötzlich. Und ich nahm meinen ganzen Verstand zusammen, um zu kapieren, über was die da oben sprachen.

»Wenn du einverstanden bist, schlage ich morgen vor, fünf Uhr nachmittags«, sagte Schwarz.

»Du bist wahnsinnig!« Rosental klang sehr erregt. »Du bist übergeschnappt! Wir sind hier nicht in Heidelberg, Schwarz.«

»Höre ich etwa Angst in der Stimme Heinrich Rosentals?«, fragte Schwarz in mildem Ton.

Eine Stille folgte, aber ich hörte, dass Rosental schwer atmete.

»Schön«, sagte die harte Stimme. »Kann ich den Ort wählen?«

»Bitte«, sagte Rosental mit schwacher Stimme.

»Die Apfelplantage neben Ramat-Rachel*. Das ist zwar nahe an der Grenze, aber wir sind beide keine Angsthasen, nicht wahr?«

»Ich sehe, du hast an alles gedacht«, sagte Rosental leise.

»Es sei denn, du gibst mir sofort das Bild zurück«, antwortete Rudi Schwarz.

Wieder wurde es still. Dann wandten sich die schwarzen Schuhe mit einer ganzen Drehung zur Tür. Schwarz machte ein paar schnelle Schritte. Die Tür ging auf und hinter seinem Rücken wieder zu.

Über mir knarrte das Bett, als Rosental sich darauf fallen ließ und tief seufzte.

Ich wagte noch immer nicht, mich zu rühren, obwohl mir alles wehtat von meiner unbequemen Lage, als Rosental aufstand, zum Koffer ging und ihn öffnete.

Er wühlte eine Weile darin herum und dann zog er einen in Papier gewickelten Holzrahmen hervor. Ein Bild. Er setzte sich schwer an den Tisch, mit dem Rücken zum Zimmer.

Ich kroch unter dem Bett hervor, richtete mich auf und streckte meine Knochen. Rosental bewegte sich noch immer nicht. Jetzt fiel mein Blick auf den Koffer zu meinen Füßen. Er war weit geöffnet und offenbarte seine Geheimnisse.

Aber ich betrachtete den Koffer nicht lange, denn ein anderer Anblick zog meine Aufmerksamkeit auf

* Kibbuz bei Jerusalem

sich: Über die Schultern Rosentals hinweg sah ich das Bild, das er mit beiden Händen festhielt.

Es war eine Kohlezeichnung. Der obere Teil des Gesichts einer Frau. Eine hohe, breite Stirn und dichte, schöne Augenbrauen. Die schwarzen Linien waren mit flüchtiger Hand gezogen, wirkten fast gehetzt. Aber der wichtigste Teil des Bildes waren die Augen. Ich stand da und betrachtete sie, und ein seltsames Gefühl erfüllte mich. Vielleicht war es Traurigkeit, vielleicht – das Erschrecken vor etwas, das man nicht versteht. Denn diese Augen waren düster und verzweifelt und um Hilfe flehend. Sie schauten mich direkt an, schauten durch mich hindurch, als würden sie immer weiter schauen und hinter mir, hinter der jetzigen Zeit, alles Verborgene und alles Zukünftige sehen können.

Gesetze der Ehre

»Ich habe Edith in Jerusalem kennen gelernt, vor sie-
benundzwanzig Jahren«, sagte Heinrich Rosental.

Es war schon Viertel vor acht abends, und ich hatte
versprochen, um sieben Uhr zu Hause zu sein. Doch
Rosental war so erregt, dass ich ihn nicht allein lassen konnte, und deshalb blieb ich bei ihm in seinem
Zimmer im Altersheim.

Ich machte zum Abendessen ein paar belegte Brote
in der kleinen Küche, die zum Zimmer gehörte, aber
wir hatten beide nicht viel Appetit.

Rosental kaute langsam und manchmal starrte er
sekundenlang in die Luft und schüttelte den Kopf, als
könne er es nicht glauben. »Was denkt er sich denn,
dieser Schwarz, dieser ungehobelte Klotz«, murmelte
er entsetzt. »Er glaubt wohl, er wäre noch in Deutschland vom Anfang des Jahrhunderts?«

Den grauen Koffer hatte er schon wieder geschlossen und mit den beiden Stoffgürteln zugebunden.
Auch das Bild von Ediths Augen war im Koffer verschwunden.

Da bat ich Rosental, er solle mir doch von Edith erzählen. Am Anfang hatte er keine Lust zu reden, aber
die quälende Last löste ihm die Zunge und machte
ihn fast zum Schwätzer.

Edith war von Deutschland hierher ins Land gekommen, wie Rosental auch. Drei Jahre, bevor der Zweite Weltkrieg anfing, war sie gekommen. Sie war ein wunderschönes junges Mädchen, schlank, mit blonden Haaren, und ihre Augen ... »Du hättest sie sehen sollen ...«

Sie hatte an der Akademie für Bildende Künste in Berlin studiert und wollte Bildhauerin werden. Aber als sie nach Jerusalem kam, Ende der Dreißigerjahre, packte es sie wie eine Art Schock: die wilde, biblische Landschaft des Orients, die grellen Farben des Lichts und der Berge, die Steingewölbe der wasserlosen Flussbetten! Edith gab die Bildhauerei auf und fing an zu malen. Es stellte sich heraus, dass sie eine ganz besondere Begabung besaß und mit ihrem Pinsel die zarten Linien der Bäume und Steine wunderbar erfassen konnte.

Rosental sprach ruhig. Seine Augen schweiften durch das Zimmer, aber er sah mich nicht. »Sie konnte die Bewegung der Dinge erfassen«, sagte er, »sogar der unbelebten Dinge.«

Dann sprang er plötzlich auf und fing an, im Zimmer herumzugehen. »Aber Edith war nicht nur als Malerin erfolgreich. Sie war bei den Jerusalemer Künstlern auch in gesellschaftlicher Hinsicht beliebt. Sie war ein besonders schönes junges Mädchen und voller Leben. Was sage ich, schön! Sie war eine Schönheit, eine außerordentliche Schönheit! Schwarze, tiefe Augen, ein lachender, lebenslustiger Mund und ein Körper, frisch und kraftvoll. Auch Jerusalem war da-

mals jünger; die Stadt sprudelte nur so. Maler und
Bildhauer aus Wien, Berlin und Paris waren hierher
gekommen. In den Nächten wurden Feste und Künst-
lerbälle gefeiert. Selbst die verehrten Professoren der
Universität mieden die allgemeine Freude nicht – und
nicht die Weingläser.«

Rosental lief nun mit sehr schnellen Schritten im
Zimmer umher. Wenn er sprach, erhob er seine
Stimme und schrie fast. Und wenn er lächelte, war
sein Lächeln ohne Freude.

»Sie waren ein Maler?«, fragte ich.

»Nein, ich war kein Maler. Ich war Fotograf. Ich
wollte ein Maler werden, aber es hatte sich schon
viele Jahre vorher herausgestellt, dass ich nicht besonders begabt war. In der damaligen Zeit hätte ich
mich von der Malerei auch gar nicht ernähren können. Die wirtschaftliche Situation hier war sehr
schwierig. Anfangs arbeitete ich als Anstreicher,
dann putzte ich Schaufenster. Das hatte nichts Be-
schämendes. Mit mir zusammen arbeiteten Leute,
die in Deutschland ihren Doktortitel gemacht hatten,
und hier mussten sie sich mit irgendwelchen Arbeiten
durchbringen.«

Seine Augen waren in die Ferne gerichtet und
glanzlos. »Damals, an irgendeinem Tag, sah ich ein
Stellenangebot in der Zeitung *Ha'aretz*: Erfahrener
Fotograf gesucht.

Heinrich, Heinrich, sagte ich zu mir, drei Jahre
hast du an der Heidelberger Universität medizinische
Fotografie studiert. Du hast gelernt, Zellen mithilfe

eines Mikroskops zu fotografieren. Du hast gelernt, mit fotografischen Ausrüstungen vollendet umzugehen. Jetzt versuche, lebendige Menschen und Ereignisse zu fotografieren.

Mit dem ganzen Geld, das ich auftreiben konnte, kaufte ich mir einen Fotoapparat, die Box, die du kennst, die ich bis heute besitze, und bewarb mich bei der Zeitung.«

»Und Sie wurden genommen«, sagte ich schnell. Es war schon acht, und zu Hause warteten eine besorgte Mutter und ein wütender Vater auf mich.

»Nein.« Rosental lächelte. »Nein, sie haben mich nicht genommen, weil ich keine Erfahrung in journalistischer Fotografie hatte. Stell dir vor! Da stand ich nun, mit dem Fotoapparat, aber ohne einen Pfennig Geld! Und weil das so war, musste ich schleunigst etwas unternehmen.

Ich ging zur Kunsthochschule *Bezalel* und verkündete den Studenten dort, dass ich bereit wäre, ihre Bilder zu fotografieren. Am Anfang verstanden sie nicht, für was das gut sein sollte. Aber ich erklärte ihnen, wie wichtig es sei, dass sie Fotos in den Händen hätten, für den Fall, dass sie ihre Bilder verkauften. Ich sagte auch, auf diese Art könnten sie die verschiedenen Stufen ihrer Werke verewigen. Ich sagte viel. Der Hunger schärft einem die Zunge und die Überzeugungskraft. Sie waren nicht gerade begeistert. Aber als einer von ihnen damit einverstanden war, dass ich seine Bilder fotografierte, folgten ihm die anderen und kamen zu mir. So wurde ich zu einem künstlerischen Fotografen. Und so traf ich auch Edith.«

Plötzlich schwieg er und senkte den Kopf. Das verwirrte mich. Seine ganze Energie schien auf einmal verschwunden zu sein.

»Und er wagt es noch, mich einen abscheulichen Dieb zu nennen!«, schrie Rosental plötzlich und schwenkte den Brief, den ihm Rudi Schwarz geschickt hatte. »Er, der mir Edith gestohlen hat! Er nennt mich einen Dieb?« Sein Gesicht wurde sehr rot und seine hellen blauen Augen glühten.

Ich sagte, er solle sich nicht aufregen, es nütze nichts, sich über etwas zu ärgern, was vor so vielen Jahren passiert sei. Ich ging zum Waschbecken und brachte ihm ein Glas Wasser, aber er schob das Glas weg.

Ich setzte mich ihm gegenüber.

Herr Rosental und Herr Schwarz, dachte ich, sind beide alte Leute, und ich kann sie mir nur so vorstellen, obwohl Rosental innerlich wirklich jung ist. Aber heute, an diesem Abend, verstand ich mit einer seltsamen, vollkommen klaren Sicherheit, was ich bis dahin immer nur gesagt hatte, ohne es wirklich zu fühlen: dass Herr Rosental einmal jung gewesen war, ebenso Herr Schwarz. Ebenso mein Großvater und Vera aus dem Trödelladen und auch Abraham, ihr Mann. Rosental war einmal ein junger Mann gewesen. Er war verliebt gewesen und er hatte Freunde und Mädchen gehabt. Und wenn er mit einem Mädchen tanzte, war er davon überzeugt gewesen, dass die Welt nur seinetwegen erschaffen worden sei.

Rosental fuhr fort zu sprechen, aber ich hörte schon nicht mehr genau hin. Denn plötzlich war es mir ganz wichtig, auf mich selbst zu hören, auf die Stimme in mir, die sagte, dass auch ich – mit meinen zwölf Jahren – manchmal fühlte, dass ich vor Energie und Freude fast zerplatzte und dass die Welt nur mir gehörte.

Ich fühlte, dass der Rhythmus der Welt und der Rhythmus von allem, was es auf ihr gab – der Autos, der Filme, der Musik, ja sogar der Witze, die die Leute einander erzählten, und die Parolen der Werbung – zu meinem Rhythmus gehörten, zu mir und meinem Alter passten, zu den Jahren eines Heranwachsenden.

In solchen Momenten fiel es mir schwer zu verstehen, dass sie, die Rosentals und die Schwarzens und auch andere Erwachsene, bereits vor mir existiert hatten, ihr Leben mit der gleichen Aufregung und dem gleichen Vergnügen gelebt hatten, bis ihnen der Rhythmus plötzlich zu schnell geworden war und sie aufgeben mussten. Und vielleicht würde ein Tag kommen, an dem ich selbst Kinder und Enkel hatte, die nicht glauben würden, dass ich einmal jung gewesen war und das Leben geliebt hatte.

Plötzlich, in dieser erregten Stimmung, fiel mir ein, dass meine Mutter von mir behauptete, ich würde mich manchmal wie ein alter Mann benehmen. Einmal hatte ich gehört, wie sie zu meinem Vater sagte, ich könne das Leben nicht so genießen, wie ein Junge meines Alters es genießen sollte.

All diese Gedanken verwirrten mich sehr und machten mich zornig und unruhig. Deshalb stand ich plötzlich auf.

Rosental, der mitten im Satz war, erschrak und schwieg.

Für einen Moment schauten wir einander an.

»Herr Rosental«, sagte ich, »ich genieße es, Bücher zu lesen, so wie ein anderer es genießt, Fußball zu spielen oder auf Partys zu tanzen, und sie versteht nichts. Sie, Herr Rosental sind nicht bereit, nur von Erinnerungen zu leben. Auf Ihre Art genießen Sie jede Sekunde, und das ist genau das, was ich vorhabe. Auf meine Art. Ich werde Bücher schreiben, wenn ich erwachsen bin. Ich habe Pläne, und ich glaube nicht, dass . . .«

Ich weiß nicht, warum ich das alles sagte, warum ich so einen wirren Blödsinn redete. Ich fühlte nur, dass ich es unbedingt jemandem sagen musste, weil ich sonst verrückt werden würde.

Rosental schaute mich an und lächelte. Er legte seine Hand auf meine Schulter. Ich sah, dass er sich immer noch Sorgen machte, aber sogar jetzt hatte er ein Lächeln für mich.

»Ich bin an allem schuld«, sagte er. »Ich hätte dich nicht in diese Sache hineinziehen sollen, in meinen Ärger mit Schwarz, diesem ungehobelten Klotz. Geh jetzt heim, Freund David, es ist schon spät. Und was deine Mutter betrifft – du hast doch über sie gesprochen, oder? –, darüber unterhalten wir uns ein andermal, vielleicht morgen oder übermorgen. Falls ich dann noch da bin.«

Ich war wütend auf mich selbst und immer noch verwirrt, deshalb achtete ich nicht auf seine letzten Worte. Erst als ich das Altersheim verlassen hatte und in die kalte Jerusalemer Nacht getreten war, erst als ich den Pullover richtig rum angezogen hatte (nach drei Versuchen), erst als ich mir im Kopf eine Ausrede zurechtgelegt hatte, um meine Verspätung zu Hause zu rechtfertigen – erst dann drangen diese Worte zu mir durch.

»Darüber unterhalten wir uns ein andermal, vielleicht morgen oder übermorgen. Falls ich dann noch da bin.«

Was für seltsame Worte, dachte ich, sie passen gar nicht zu ihm. Einen Moment blieb ich stehen. Etwas, was ich nicht ganz verstanden hatte, machte mir plötzlich Angst. Ich drehte mich auf dem Absatz um und rannte zum Altersheim zurück.

Die Tür war bereits abgeschlossen und Asura, der Wächter, saß in der Pforte. Er kannte mich. Alle Leute vom Haus kannten mich, weil ich mich dort immer stundenlang aufhielt. »So spät kommst du?«, fragte Asura, als er mir aufmachte. Ich warf ihm irgendeine Antwort hin und rannte zum zweiten Stock.

Ohne anzuklopfen trat ich in Rosentals Zimmer und blieb erstaunt stehen.

Rosental saß auf dem Bett und reinigte mit einem

dünnen Pinsel einen Gegenstand, den er in der Hand hielt. Neben ihm, auf dem Bett, lagen ordentlich aufgereiht einige große graue Eisenteile. Er schaute mich verständnislos an.

Aber bevor er den Mund aufmachte, fragte ich ihn: »Was ist das? Was sind das für Dinge?«

»Das? Das ist mein Revolver. Mein alter Dienstrevolver aus dem Ersten Weltkrieg.« Er grinste und setzte seine Reinigungsarbeit mit dem Pinsel fort.

»Wozu brauchen Sie einen Revolver?«, fragte ich voller Panik.

Er schaute mich an und lächelte. »Du hast überhaupt nichts verstanden, oder? Du hast nicht verstanden, über was Schwarz hier gesprochen hat?«

Ich schüttelte den Kopf.

Rosental lächelte wieder, ein trauriges und bitteres Lächeln. Er hob den Metallgegenstand hoch, den er in der Hand gehalten hatte, und betrachtete ihn gegen das Licht der Lampe.

»Schwarz glaubt, er lebe immer noch im Jahre 1920, in Deutschland. Und weil er mich so beleidigt hat, weil er mich einen Dieb und dann auch noch einen Feigling genannt hat, deshalb habe auch ich keine Wahl, ich muss mich nach dem Ehrenkodex verhalten, der damals dort galt, obwohl mir das alles extrem dumm vorkommt.« Er stieß einen wütenden Ton aus.

»Von was reden Sie, Herr Rosental?«, fragte ich ruhig, obwohl ich bereits anfing, die Antwort zu erraten.

Er warf mir einen seltsamen Blick zu.

»Schwarz hat mich zum Duell gefordert, morgen um vier. Und wie verrückt und albern sich die Sache auch anhört, ich fühle, dass ich keine Wahl habe, ich muss diese Forderung annehmen.«

Er schaute mich mit einem verlegenen Gesicht an und breitete langsam die Hände aus, mit der Bewegung eines kraftlosen und verzweifelten Menschen.

Die Zeiten ändern sich

Nein, in jener Nacht schlief ich nicht viel.

Erstens hatte ich einen heftigen Streit mit meinen Eltern, weil ich um neun Uhr abends statt um sieben heimgekommen war. Das heißt, ich sagte, es sei neun Uhr abends, und sie behaupteten hartnäckig, es sei neun Uhr nachts. Und wegen einer derartig geringfügigen Meinungsverschiedenheit entstand ein Streit.

Meine Mutter sagte, sie würde mir von heute an nicht mehr erlauben, mich mit Rosental zu treffen. Und sie habe die Absicht, ab morgen mit einem breiten Programm von Erziehungsmaßnahmen zu beginnen, die dazu bestimmt seien, die Schrauben wieder anzuziehen, die sich bei mir durch unpassenden Umgang gelockert hätten.

Mein Vater seinerseits beschränkte sich auf einige Zwischenbemerkungen. Er betonte, wie hoch er es einschätzte, dass ich a) ein sehr reiches und interessantes Innenleben habe, das nur mir gehöre, und b) spannende Beschäftigungen, die mir Spaß machten. Aber auch er sei der Ansicht, ich übertriebe meine Weltabgeschiedenheit ein bisschen. Und obwohl es bestimmt Mut erfordere, die Privatsphäre und die Selbstständigkeit in dieser überkontrollierten Welt zu bewahren, müsste ich doch eine andere Art Wagemut entdecken und anfangen, mich mit Gleichaltrigen anzufreunden.

Das ärgerte mich sehr, denn sie sprachen über mich, als fürchtete ich mich davor, mit Jugendlichen Beziehungen anzuknüpfen, als hätte ich überhaupt keine Freunde und auch nie welche gehabt. Deshalb lieferte ich ihnen auf der Stelle eine Namenliste von Freunden und hoffte, dass damit die uralte Diskussion endlich zu Ende sei.

Aber meine Mutter behauptete, ein einziger Name stelle noch längst keine Liste dar, besonders, wenn dieser Name einem Jungen gehöre, der vor einem halben Jahr nach Haifa umgezogen sei. Unsere Beziehung bestehe nur aus Briefen. Aus sehr seltsamen Briefen, wenn es ihr erlaubt sei, das hinzuzufügen. Nicht dass sie, Gott behüte, meine Briefe lesen würde, aber sie sähe meine Reaktionen, wenn ich sie läse.

Ich sagte, Elischas Briefe seien keineswegs seltsam, sie seien nur sehr witzig. Denn Elischa habe Einfälle, die kein anderer habe, und er könne sie auch so schreiben, dass man sich beim Lesen vor Lachen kugeln müsse. Ich sagte ihnen auch, wenn Elischa erst erwachsen sei und den Mut hätte, seine Pläne und seine Geschichten auch anderen zu zeigen, würde er berühmt und bedeutend werden. Dann könnten sie stolz darauf sein, dass ihr Sohn ihn kannte.

Mein Vater, der in der Küche Kaffee kochte, schrie von dort, er seinerseits hoffe, sie könnten vorher auf ihren eigenen Sohn stolz sein.

Solche Sachen ärgerten mich immer. Deshalb stand ich sofort auf und ging, ohne ein Wort zu sagen, in mein Zimmer, um dort in Ruhe ein bisschen zu wüten. Ich nahm Bags, meinen Hasen, aus dem Käfig, striegelte ihn so, wie er es gern hatte, und flüsterte in seine langen Ohren ein paar schlimme und schreckliche Dinge, die ich nicht weiter ausführen möchte. Denn ich wusste, dass er Geheimnisse bewahren konnte.

Hier möchte ich mal kurz unterbrechen und eine Bemerkung machen.

Elischa ist heute achtundzwanzig Jahre alt, wie ich, und ein junger Schriftsteller. Meine Mutter, die sich für Literatur interessiert, hat schon mehr als einmal gesagt, er habe Zukunft, und wir würden noch mal stolz darauf sein, ihn zu kennen. Ich erinnere sie nicht an die Gespräche von damals, aber innerlich kann ich mich nicht beherrschen und sage: Habe ich es dir nicht gesagt?

So weit zu Elischa und dem Streit.

Ich saß auf meinem Bett, im Dunkeln, streichelte Bags und wurde langsam ruhiger. Sein weißes Fell war weich und knisterte, wenn meine Hände es berührten.

Ich versuchte mich an das zu erinnern, was Rosental mir vor einer Stunde gesagt hatte: Schwarz war sicher, dass er ihm das Bild von Ediths Mund gestohlen hatte, und deshalb forderte er ihn zu einem Duell mit Revolvern. Rosental wusste, dass er das Bild nicht gestohlen hatte, aber weil Schwarz ihn einen »abscheulichen Dieb und Feigling« genannt hatte, war es ihm unmöglich, auf die Beleidigung nicht zu reagieren. All das war sehr schwer zu verstehen; Rosental sagte mir, er schäme sich vor sich selbst, weil er sich dem verrückten Vorschlag von Schwarz gefügt habe, morgen zur Apfelplantage zu kommen.

»Diese aufgeblasenen und blöden Begriffe wie ›Ehre oder Tod‹ waren gut und schön zu Anfang des Jahrhunderts«, hatte Rosental gesagt. »Die Welt selbst war damals ehrenhafter – für meine Begriffe allerdings auch zu gefühlvoll. Es gab tatsächlich einen Platz für Worte wie ›Ehre‹ oder ›Stolz‹, etwas, was ich von der heutigen Welt nicht sagen kann. Hätte Schwarz mir so etwas in unserer Jugend gesagt, hätte ich nicht zweimal nachgedacht. Noch am selben Abend hätte ich ihm einen meiner Freunde geschickt und ihm mitteilen lassen, dass die Beleidigung, die er mir zugefügt hatte, nur mit Blut zu sühnen sei.«

»Und dann«, hatte ich ihn gefragt, »was wäre dann passiert?«

»Dann«, hatte Rosental gesagt und sich etwas bequemer hingesetzt, »hätte mein Sekundant gewartet, bis Schwarz seine Zustimmung zu einem Duell mit mir schriftlich niedergelegt hätte. Schwarz hätte sich natürlich entschuldigen können, dann wäre das Duell selbstverständlich ausgefallen. Aber in einem solchen Fall hätten alle gewusst, dass er ein Feigling ist, und in der damaligen Zeit war kein Mensch bereit, sich ›Feigling‹ nennen zu lassen. Das ist anders als heute, wo Feigheit ja fast modern ist.«

»Ich habe immer gedacht, ein Duell ist eine Angelegenheit von Gojim*, nicht von Juden«, sagte ich.

Rosental lachte. »Ach, was weißt denn du! Zu
meiner Zeit ließen die antisemitischen Studenten in
Deutschland Juden nicht an Duellen teilnehmen.
So wollten sie uns erniedrigen. Aber wir gründeten
eigene Verbindungen von jüdischen Studenten und
bewiesen, dass wir auf dem Gebiet der Ehre und der
Duelle den Gojim in nichts nachstanden. Ich habe
selbst an vier solcher Zweikämpfe teilgenommen. Zu
meinem Glück wurde ich nicht verletzt und verletzte
auch niemanden.«

»Aber was passiert bei so einem Duell?«, fragte
ich.

»Ach! Dafür gibt es feste Verfahrensweisen. Das ist
eine Art Zeremonie: Die beiden Gegner begeben sich
zum Treffpunkt, wobei sie von ihren nächsten Freunden begleitet werden. Sie trinken etwas, manchmal
essen sie auch eine Kleinigkeit. Dann schütteln sie
sich die Hände, und einer, der zum Schiedsrichter bestimmt wurde, prüft ihre Waffen. Anschließend gibt
er das Zeichen und die beiden entfernen sich zehn
Schritte weit in entgegengesetzte Richtungen. Mit
dem Rücken zueinander bleiben sie stehen. Ja, und
dann drehen sie sich um und schießen aufeinander.«

»Sie schießen? Einfach so?« Meine Stimme wurde
plötzlich dünn und laut.

Rosental sah, dass ich erschüttert war. Er lächelte

---

* Goi, pl. Gojim – Nichtjuden

müde. »Ja, ja, Freund David. Sie schießen. Damals war das Leben eines Menschen weniger wert als die Ehre. In den meisten Fällen wurde einer der Gegner verletzt, aber es kam auch vor, dass beide starben. Und das alles wegen einer geringfügigen Beleidigung oder auch nur dem Verdacht einer Beleidigung. Stell dir das vor.«

Ich dachte daran, dass Rosental selbst vorhatte, morgen eine solche Dummheit zu machen, schwieg jedoch.

»Ach, die Ehre, die Ehre«, sagte er plötzlich und seufzte. »Die Menschen messen ihrer Ehre einen so hohen Wert bei, bis sie ihretwegen bereit sind, ihre Ehre zu verlieren.« Er grinste. »Stell dir bloß vor – zwei erwachsene Männer stehen da und schießen aufeinander, nur wegen eines Wortes! Was für eine Geringschätzung! Welch ein Mangel an Achtung vor dem menschlichen Leben.«

Er schwieg einen Moment, dann sagte er flüsternd die Worte, die ich mir vorher gedacht hatte: »Und ich selbst werde morgen dieses dumme Spiel mitspielen. Wer hätte das geglaubt?«

Ich versuchte ihn zu überreden, es nicht zu tun. Er solle doch Schwarz mitteilen, dass er nicht bereit sei, sich auf diese kindische Idee einzulassen. Ich flehte ihn an, Schwarz eine Absage zu schicken. Ich schlug sogar vor, an seiner Stelle den Brief mit einer Erklärung zu schreiben und selbst zu Schwarz zu bringen.

Rosental lehnte das ab. Lachend sagte er: »Und was willst du schreiben, Freund David? Willst du etwa schreiben: Sehr geehrter Herr Schwarz, mein Sohn Heinrich kann morgen am Duell nicht teilnehmen, weil er Angst hat? Nein, nein, mein Freund. Das hilft nicht. Diesmal nicht, verstehst du? Es geht nicht nur um das Bild. Zwischen mir und Herrn Schwarz gibt es noch einige Dinge, die offen geblieben sind. Ein paar alte Wunden. Und deshalb, hauptsächlich deshalb, muss das Duell zwischen uns stattfinden.«

Dann, nach einem Moment des Schweigens, sagte er noch etwas, das mich völlig verblüffte. »Vermutlich«, sagte er, »vermutlich gehören wir beide, du und ich, doch ganz verschiedenen Generationen an. Ich zum Beispiel bin der Meinung, dass Schwarz komplett verrückt ist. Und trotzdem empfinde ich auf eine ganz seltsame und unlogische Art eine bestimmte Zuneigung zu ihm. Ich verstehe ihn. Dir fällt es schwer, das zu begreifen. Aber glaube mir, Freund David, die Welt verändert sich. Sie verändert sich so schnell. Was mal gut war, ist heute schlecht, und was mal schön war, gilt heute als hässlich. Die Mode wechselt viel zu schnell, es ermüdet. Nicht jedem gelingt es, sich diesem Tempo anzupassen.

Rudi Schwarz, zum Beispiel. Er kann es offensichtlich nicht mehr. Deshalb kämpft er mit den Waffen, die ihm zur Verfügung stehen. Er bleibt stehen. Er geht dazu über, sein Leben nach seinem eigenen Rhythmus zu leben. Er kehrt zurück in eine Welt, in der es ihm gut ging. Du verstehst jetzt nicht ganz, von was ich spreche, aber irgendwann wirst du es verstehen. Ich hasse es, das zu jungen Leuten zu sagen, aber so ist es.«

Rosental stand auf, legte mir die Hand auf die Schulter und begleitete mich zur Tür. Er wollte allein sein. Bevor wir uns verabschiedeten, sagte er noch, er könne Schwarz nicht hassen. »Das ist seltsam, aber ich kann ihn nicht hassen.«

Das war es, was Rosental zu mir sagte, bevor wir uns trennten, bevor ich anfing, wie der Blitz heimzurasen, wo mich ein warmes Haus und eine kalte Dusche von meinen Eltern erwarteten.

Aber später, als ich in meinem Zimmer auf dem Bett saß und Bags streichelte, dachte ich, dass Rosental möglicherweise in einem Recht hatte. Alles auf der Welt änderte sich so schnell, dass nur wenige Dinge übrig blieben, auf die man sich verlassen konnte, und noch weniger Menschen, die Beständigkeit und Sicherheit besaßen.

Doch eines war sicher: Das Leben war wichtiger als alles andere – sogar wichtiger als die Ehre, von der ich nicht genau wusste, was sie bedeutete.

Ich nahm an, dass es noch andere Dinge gab, die auch in einer Million Jahren noch ihre Gültigkeit haben würden. Aber das war nicht die richtige Zeit, in Gedanken zu versinken.

Ich musste mir überlegen, wie ich Rosental vor dem ungehobelten Kerl aus Heidelberg retten konnte – auch wenn ich wusste, dass ich alles allein machen musste. Rosental hatte sich mit der Vorstellung eines Duells schon abgefunden.

Ich zog mich aus und ging schlafen, hungrig und angespannt, und die ganze Zeit dachte ich, dass nur noch wenige Stunden blieben, bis Rosental und Schwarz sich erst gegenüberstehen und dann fünf Schritte rückwärts gehen würden.

Und obwohl sie sich nicht in den dichten Wäldern Deutschlands befänden, sondern auf der kleinen Apfelplantage neben dem Kibbuz Ramat-Rachel, hätten sie beide echte Revolver mit echten Kugeln in den Händen.

Dieser Gedanke war schuld daran, dass ich in der ganzen Nacht fast kein Auge zumachte.

Vera

Jetzt werde ich erst mal von Vera erzählen.

Als Vera eine junge Frau war, meldete sich ihr Mann zur britischen Armee und wurde in die westliche Wüste geschickt, nach Libyen, um dort gegen die Deutschen zu kämpfen.

Veras Mann, er heißt Abraham, war Arzt und konnte nicht in Ruhe hier im Land sitzen und die Hände im Schoß falten, denn er wusste ja, dass jeder Mann im Kampf gegen die Nazi-Bestie gebraucht wurde.

Ich sage »Nazi-Bestie«, weil Vera das Wort benutzte, wenn sie von den Deutschen sprach. Als ich noch kleiner war, dachte ich immer, sie meine wirklich ein Tier, irgendein Ungeheuer oder einen riesigen Dinosaurier, gegen das die Armeen der ganzen Welt gekämpft hätten.

Jedenfalls, Veras Mann meldete sich bei der britischen Armee und fuhr zu einem unbekannten Ort. Nach einem Monat kam ein Brief. Er schrieb ihr, er befinde sich in einem kleinen Grenzstädtchen, genau an dem Punkt, wo die Grenzen Ägyptens, des Sudan und Libyens zusammenstoßen. Er schrieb auch, in den Nächten würde er frieren und es gäbe nicht genug zu essen. Und dass er sich nach ihr sehne.

Sie waren erst ein Jahr verheiratet, als er zum Militär ging. Vera konnte die Einsamkeit und die Sehnsucht nicht länger ertragen und entschloss sich, zu ihm zu fahren, in die Wüste.

Ich kenne diese Geschichte, denn ich habe sie dutzende von Malen aus ihrem Mund gehört, und ich bin bereit, sie noch öfter zu hören.

Sie war damals eine zarte junge Frau, die mit ihrer Mutter aus Wien ins Land gekommen war. Sie war zierlich wie ein Porzellanpüppchen, doch sie erlaubte sich nicht, über die Beschwerlichkeiten nachzudenken, die ihr in der Wüste drohten.

Sie fuhr in Jerusalem mit dem Zug los und kam nach einer langsamen und ermüdenden Fahrt in Kairo an. Von dort fuhr sie mit einem alten, schaukelnden Nachtzug, ein junges Mädchen allein zwischen vielen Arabern. Am nächsten Morgen hielt der Zug an einem bestimmten Ort am Nil und Vera Kluger stieg aus. Sie trug zwei Pullover übereinander, einen Pelzmantel und einen Schal, weil Abraham ihr geschrieben hatte, dass er in den Nächten friere. Als sie die Füße aus dem Zug setzte, versank sie sofort bis zu den Knien in glühend heißem Sand. Das Thermometer zeigte einundvierzig Grad.

Bis heute stelle ich mir manchmal diesen Anblick vor: eine junge, blasse Frau in einem Pelzmantel, die in goldfarbenem Sand versinkt.

Dann fuhr Vera zwei Tage lang auf einem wackeligen Nilboot, sah unterwegs die riesigen Heiligtümer, schlug einen jungen Räuber in die Flucht, der versuchte, ihre goldene Kette zu stehlen, und kämpfte gegen Wolken grünlicher Mücken. Auf dem letzten Abschnitt ihres Weges fuhr sie mit einheimischen Fischern auf Kähnen, ritt zwei Tage auf einem nervösen und schlecht gelaunten Kamel, bis sie in dem Grenzstädtchen ankam, in dem sich Abraham befand.

Abraham war tatsächlich dort. Er glühte vor Fieber, weil er an irgendeiner seltsamen Wüstenkrankheit litt. Ein paar Stunden lang war er sicher, dass sein Ende gekommen sei, denn seine Fantasievorstellungen hatten plötzlich eine erstaunliche und völlig unlogische Wendung genommen, selbst für so hohes Fieber. Ihr habt es vermutlich schon verstanden: Er sah Vera.

Nach dem Krieg, als Abraham aus der Armee entlassen worden war, kauften sie sich ein Haus in Beit-Hakerem in Jerusalem, und Abraham machte eine Privatpraxis auf. Und Vera, die nicht nur »die Frau des Doktors« sein wollte, eröffnete in der Nachbarschaft einen Laden. Anfangs war es ein Delikatessengeschäft, später ein Laden für Ziergegenstände, dann ein Geschäft mit Haushaltswaren, und am Schluss verwandelte sich alles in einen Laden für gebrauchte Sachen.

Zu diesem Laden rannte ich am Morgen jenes Tages, an dem das Duell zwischen Rosental und Schwarz stattfinden sollte.

Es war zwanzig Minuten vor acht. Vera stand schon im dämmrigen Laden und trank Tee aus einer Glastasse. Der Rauch ihrer Zigarette schwebte über ihr wie eine kleine, beständige Wolke.

Als sie mich sah, erschrak sie. »Was ist passiert,

Jingerle meines? Um diese Zeit? Ist daheim alles in Ordnung?«

»Alles in Ordnung«, sagte ich. »Sie sind alle gesund, kein Grund zur Sorge.«

In Veras Laden war es ziemlich düster, aber ich kannte jeden Gegenstand: die verrußten Samoware, die schweren Tischlampen aus Holz, die großen Bilder in vergoldeten Rahmen, die Berge von alten Ansichtskarten, die prächtigen Anzüge und Kleider, die die Einwohner von Jerusalem vor dreißig und vierzig Jahren getragen hatten – eine ganze Welt tat sich dort vor einem auf, in den Tiefen des Ladens und dem kleinen Lager dahinter. Aus allen Teilen der Stadt kamen Leute zu Vera und verkauften ihr die alten Sachen, die sie auf ihren Dachböden gefunden hatten.

Das Problem war nur, dass so selten irgendjemand einen Gegenstand kaufte. Aber Vera sagte immer, das sei ihr egal. Sie war gerne in ihrem Laden. Sie machte ein Schwätzchen mit den Leuten, die vorübergingen, und unterhielt sich mit Kunden, die in den Laden kamen, um ihr etwas zu verkaufen oder, ganz selten, um ihr etwas abzukaufen.

Ich gehörte weder zu den Käufern noch zu den Verkäufern, und trotzdem verbrachte ich in den Tiefen des Ladens lange Stunden. Wie ihr euch vermutlich bereits denken könnt, gehörte auch das zu den Dingen, die meine Mutter wahnsinnig machten.

Doch diesmal interessierte ich mich nicht für die antiken Gegenstände, sondern für Veras Erinnerungen, die nicht weniger antik waren.

Die Zeit drängte, deshalb kam ich sofort zur Sache. Ich sagte ihr, dass ich sie etwas fragen wolle, aber nur unter der Bedingung, dass sie mir keine einzige Frage stelle. Natürlich hätte sie sich weigern können, aber ich verließ mich auf ihre Neugier. Ich wurde nicht enttäuscht. Ihre Augen hinter der vergoldeten Brille glitzerten schlau. Ja, sie war einverstanden. Sie liebte Geheimnisse.

»Hast du Edith Strauss gekannt, die Malerin?«

Sie schaute mich überrascht an. Eine solche Frage hatte sie nicht erwartet.

»Natürlich habe ich Edith gekannt. Ich habe mich sogar ein-, zweimal mit ihr unterhalten. Aber das ist lange her, in den Vierzigerjahren. Aber was... Na gut, ich habe versprochen, nichts zu fragen. Was genau willst du wissen?«

»Alles«, sagte ich und schaute schnell auf meine Uhr. Viertel vor acht. Wenn ich rannte, würden mir zwei Minuten genügen, um zur Schule zu kommen. Die Wette, die ich mit mir selbst abgeschlossen hatte, nämlich, dass Vera etwas über Edith wüsste, hatte ich gewonnen. Aber ich musste jetzt so viele Details wie nur möglich sammeln, damit ich meine Gedanken in irgendeine Richtung lenken und etwas unternehmen konnte.

»Alles«, wiederholte ich.

Vera durchbohrte mich mit den Augen, merkte, wie wichtig die Sache war, und fing an zu erzählen.

»Edith Strauss kam aus Deutschland hierher. Sie war eine sehr schöne Frau. Alle jungen Männer in Jerusalem waren wirklich verrückt nach ihr. Heutzutage kannst du ihr Foto in Kunstbüchern oder im Lexikon finden, denn sie gilt als große Malerin. Ihre Bilder kosten Millionen. Nur schade, dass sie nicht so viel malen konnte, bis sie starb.«

Vera zögerte, warf mir einen schrägen Blick zu, dachte einen Moment nach, entschied sich dann und fuhr schnell fort zu sprechen: »Edith hatte einen unbeständigen Charakter. Sie war launisch. Manchmal hat sie sich sogar betrunken, so wahr ich lebe. Es gab Tage von Ausschweifungen und wilder Liebe, gefolgt von Wochen der Schwermut. Die Leute sagten, das seien die Schaffenswehen einer großen Künstlerin. Ich hielt sie einfach für krank und unglücklich, weil sie nie wirklich lieben konnte, sie konnte sich nur verlieben, wenn du verstehst, was ich meine. Moment mal!«

Vera schob ihre Brille etwas nach unten und warf mir über den Brillenrand hinweg einen prüfenden Blick zu.

»Auch dein Freund, nun, dieser alte Mann, den du mal mitgebracht hast, dieser nette Mensch – Rosenberg? Rosenblum? Rosental! Ja, auch er ist ein Freund von ihr gewesen. Uff! War das eine Liebe! Ganz Jerusalem hat über sie gesprochen. Er war Fotograf, glaube ich, oder Dichter? Ich erinnere mich nicht mehr. Und sie haben sich auf den ersten Blick ineinander verliebt. Später war es aus, genauso plötzlich, wie es gekommen war. Ich weiß nicht, aus welchen Gründen. Bei Edith gab es keine Gründe, es waren immer nur Launen. Sie hat dann irgendeinen englischen Offizier geheiratet, der damals in der Mandatszeit hier gedient hat, und ...«

»Einen englischen Offizier?«, fragte ich. »Nicht Schwarz?«

»Nein, nicht Schwarz«, sagte Vera nachdenklich. »Sie hatte viele Freunde, vielleicht hieß einer von ihnen Schwarz, ich weiß es nicht. Jedenfalls, sie hat nur den Engländer geheiratet, und es gab viel Lärm deswegen.«

Vera fuhr fort zu erzählen, aber nur zögernd. Sie wusste nicht viel darüber, wie es weitergegangen war. Sie hatte Abraham geheiratet und bald aufgehört, mit den Künstlern herumzuziehen, und deshalb auch keinen Klatsch mehr erfahren.

Ich fragte sie, wer der englische Offizier gewesen sei. Vera wusste es nicht.

»Das war ein seltsames Kapitel«, sagte sie. »Damals mochte man es hier nicht, wenn Mädchen Beziehungen zu englischen Soldaten hatten. Die Leute vom Untergrund pflegten solche jungen Mädchen zu bestrafen. Edith wurde zuerst gewarnt, aber sie schenkte den Warnungen keine Beachtung. Und dann, eines Tages – eines Nachts, eigentlich –, als Edith zu ihrer Wohnung zurückging, lauerten ihr die Leute von der Untergrundbewegung auf. Sie haben sie gefesselt und ihr die Haare abgeschoren. Um sie zu beschämen, haben sie das getan.«

Vera schwieg und schaute durch mich hindurch in die Ferne. »Das ganze Gold, das sie auf dem Kopf

hatte, haben sie ihr abgeschoren, dieser Unglück-
lichen! Sie bekam einen Nervenzusammenbruch. Abraham hat sie behandelt. Er mochte sie sehr gern. Sie
konnte nicht verstehen, warum ihr das passiert war.
Ich habe dir schon gesagt – sie lebte in ihrer Welt,
einer ganz abgeschlossenen Welt. Sie sagte nur immer wieder, sie könne nicht mehr hier leben, dieses
Land würde seinen Bewohnern nicht erlauben, ein ei-
genes Leben zu führen. Sie könne an einem solchen
Ort nichts schaffen.

Und wirklich, nach einigen Wochen verließ sie das
Land und fuhr nach England. Dort haben sie geheiratet, sie und ihr Offizier. Ich habe gehört, dass sie eine
Tochter bekommen haben. Oder war es ein Sohn?
Nur ein paar Jahre danach ist Edith gestorben. Das
muss an die zwanzig Jahre her sein. Aber du musst
mir sagen, warum du dich jetzt für sie interessierst!«

»Vera«, sagte ich, »du hast versprochen, nichts zu
fragen. Aber keine Angst, sehr bald werde ich dir alles erzählen.«

Und mit beispielhafter asiatischer Unhöflichkeit
verließ ich sie und rannte zur Schule.

Es war schon fast acht, und mir blieben nur noch
neun Stunden, um hinter diese seltsamen Verwicklungen zu kommen, die sich schon über drei Länder
hinzogen – Deutschland, Israel und England – und in
die alte Liebesgeschichten verstrickt waren, ein ge-
stohlenes Bild, dessen Wert in die Millionen ging,
und – am schlimmsten – zwei Revolver aus der Zeit
des Ersten Weltkriegs.

Die Geschichte ihrer Liebe

Pünktlich um acht Uhr betrat ich die Klasse. Um fünf nach acht war ich schon wieder draußen.

Es hat keinen Sinn, ausführlich darüber zu berichten: Herr Nachmani, unser Englischlehrer, betrat die Klasse, und als wäre er mit dem hoch entwickelten Radarsystem eines Kampfflugzeugs ausgerüstet, wandte er sich direkt an mich. Ich hatte schon einige unangenehme Affären mit Herrn Nachmani hinter mir, und besonders ärgerlich war – er hatte immer Recht, das heißt, er wusste immer, wann er mich erwischen konnte. Wie er es schaffte, mir auszuweichen, wenn ich gut vorbereitet in die Klasse kam, bleibt Gottes Geheimnis, doch von ihm kann man bekanntlich nicht abschreiben.

Jedenfalls, um fünf nach acht war ich bereits im Korridor, versehen mit einer vagen Drohung dessen, was mich erwartete, wenn ich mich nicht bessern würde (fremdsprachentechnisch), und auch mit einer greifbareren Strafe: bis morgen früh einen fünfseitigen Aufsatz in Englisch zu schreiben über das Thema »George, der junge Mann aus London«.

Aber ich hatte noch nicht mal Zeit, an diesen anonymen George zu denken, den Sohn jener großen Stadt, und ich bedauerte auch den Rausschmiss aus der Klasse nicht besonders. Denn bekanntlich verflog die Zeit, die mir bis zum Termin des Duells zur Verfügung stand, und wurde immer knapper. Ich wusste, wenn ich nichts unternahm, wenn ich nicht irgendetwas in irgendeiner Richtung unternahm, konnte Blut fließen.

Deshalb ging ich die Treppe hinauf zur Schulbücherei. Ich versuchte, etwas über Edith Strauss im hebräischen Lexikon zu finden, aber das ging nur bis zum Buchstaben E und beschäftigte sich unter dem letzten Stichwort mit den Aufregungen um die Etrusker, die ein früherer teutonischer Stamm gewesen waren. Auch unter »Edith« fand ich keinen Hinweis, und der Familienname Strauss befand sich irgendwo in den fernen, wüsten und fantastischen Regionen des Buchstabens S.

Dann blätterte ich im Buch »Jüdische Malerei der Gegenwart«, und da fand ich sie sofort. »Strauss, Edith. Geboren 1918 in Berlin. Gestorben 1949 in England.« Ich überflog die Zeilen. »Stilrichtung jüdische Malerei ... Entstehung vor dem Hintergrund europäischer Kultur ... Realismus der Landschaft um Jerusalem ... sehr lebhafter Strich ... besonders bekannt der Zyklus ›Jerusalem und die Wüste‹ ... stürmischer Charakter ... Beziehung zu einem britischen Mandatsangehörigen ... verließ unter dem Druck der öffentlichen Meinung das damalige Palästina und ging nach England ... entwickelte in ihren letzten Jahren Abneigung gegen Israel und das Judentum ... starb in dem Kurort Brighton ... ihre Bilder

stehen bei Museen und Sammlern hoch im Kurs ...
(siehe Foto auf der folgenden Seite).«

Ich blätterte um und sah zum ersten Mal Edith
Strauss. Sie war schön. Eine Schönheit nach den Be-
griffen der damaligen Zeit. Groß gewachsen, mit tiefen, schwarzen Augen. Das waren die Augen, die ich
auf dem Bild gesehen hatte, das Rosental gestern in
den Händen gehalten hatte. Sie trug einen großen
Hut mit breiter Krempe, an der eine Vogelfeder
befestigt war, und darunter quollen ihre Haare heraus, die Haare, die ihr zur Strafe abgeschnitten worden waren.

Ich versank in dem Anblick des Bildes, betrachtete
das lange Kleid, das sie trug, die etwas derben
Schuhe. Ich versuchte, den Zauber zu empfinden,
den sie auf alle ausgeübt hatte, die Kraft, die zwei alte
Männer dazu brachte, sich siebzehn Jahre nach
ihrem Tod wegen eines ihrer Bilder einem Duell zu
stellen.

Ich muss zugeben, ich verstand es nicht. Trotzdem
war es zu etwas gut, dass ich das Bild so lange betrachtete. Doch darüber werde ich später noch berichten.

Ich schloss das Buch und schaute aus dem Fenster.
Draußen kämpfte der Herbst um sein Leben und versuchte, den harten Winter durch eine Beschwichti-
gungsdelegation gelber Blätter und federartiger
Zweige zurückzuhalten. Dieses Jahr hatte es noch
nicht geregnet.

Ich versuchte, mich zu konzentrieren. Seit gestern,

seit Rosental mir den Brief von Schwarz gezeigt hatte, war das Leben so seltsam und unvorhersehbar geworden. Plötzlich hatte ich angefangen, in einer anderen Zeit zu leben, in anderen Ländern. Im Nu war ich aus dem Alltag herausgerissen worden und in einer anderen Realität gelandet, die ihre eigenen Regeln und Gefühle hatte.

Doch dann sah ich, immer noch in Gedanken versunken, plötzlich Rosentals kleine Gestalt draußen vor der Schule stehen, und ich rannte hinaus.

Rosental kam nicht zufällig hier vorbei. Er war zu meiner Schule gekommen, um sich von mir zu verabschieden. Als mir das klar wurde, fühlte ich mich, als hätte mir jemand mit der Faust in den Bauch geschlagen.

Wir gingen eine Weile nebeneinander her. Er trug einen schweren Mantel und eine Schirmmütze, die seine Augen verbarg. Der Wind, der in den letzten Minuten immer stärker geworden war, blies mir direkt ins Gesicht. Der Himmel war grau geworden.

»Ich verabschiede mich von der Stadt«, sagte Rosental mit ruhiger, ausdrucksloser Stimme. »Von den Leuten, von den Häusern, von den Zimmern, in denen ich während meiner dreißig Jahre hier gewohnt habe, von allen Ecken und Winkeln, die ich fotografiert habe.«

Ich habe ja schon erzählt, dass er gerne alte Häuser fotografierte.

»Vielleicht ist es kein Abschied«, schlug ich leise vor, »vielleicht nur ein Auf Wiedersehen?«

»Nein, nein«, sagte Rosental. »Bei einem Duell wird fast immer einer getroffen. Und selbst wenn ich es zufällig wäre, der Schwarz trifft, dann wäre mein Leben kein Leben mehr, das weißt du doch.«

Ich wusste es. Rosental war nicht fähig, einem Lebewesen etwas anzutun. Das war übrigens auch der Grund, weshalb er in Turnschuhen herumlief und keine Schuhe trug, die aus Tierleder gemacht waren. Man braucht nicht hinzuzufügen, dass er auch eingeschworener Vegetarier war und seit vierzig Jahren kein Fleisch gegessen hatte.

»Vielleicht treffen Sie beide nicht«, sagte ich.

»Ich wollte, es wäre so«, sagte er. »Aber Schwarz war an der Universität Meister im Scheibenschießen.«

»Vor fast fünfzig Jahren«, erinnerte ich ihn.

»Ja«, sagte er, »aber der Zorn wird seine Sinne schärfen. Komm, Freund David, gehen wir weiter.«

Langsam gingen wir den Sandweg hinunter, der zum Tal von Zion führte, an hohen, kahlen Dornengewächsen vorbei, die vom vergangenen Sommer übrig geblieben waren. Erwartung lag in der Luft. Der heftige Wind in unseren Ohren kündete von nahendem Regen, von schweren Wolken. Die Äste der Zypressen ächzten und Wirbel aus gelben Blättern wehten uns entgegen.

»Eineinhalb Jahre war ich mit Edith zusammen«, sagte Rosental plötzlich.

Er kletterte auf einen Felsen und setzte sich hin, und seine Beine baumelten in der Luft wie die Beine eines Kindes, das im Autobus sitzt.

Ich folgte ihm und setzte mich neben ihn.

»Wir hatten es sehr gut und sehr schlecht zusammen, ich und Edith«, fuhr Rosental fort. »Wir liebten uns und wir stritten uns. Wir waren uns zu ähnlich und zu verschieden. Das war unmöglich. Sie war ein Mensch, der dazu bestimmt war, allein zu sein. Auch wenn sie von Menschen umgeben war, war sie allein. Verstehst du überhaupt, von was ich spreche?«

Ja, ich verstand.

»Mit mir ging es ihr gut, aber sie sagte, meine Liebe würde ihr die Luft abschnüren. Noch schlimmer – meine Liebe würde sie verletzen, sie verändern, sie fesseln. Und das konnte sie nicht aushalten.«

Er schwieg, fuhr mit den Fingern die Ränder eines Salbeiblattes entlang und roch daran. Ich bemerkte, wie viel Vergnügen ihm das machte.

»Und dann kam Rudi Schwarz«, sagte er. »Rudi, den ich noch aus Deutschland kannte, aus Heidelberg. Groß und gut aussehend, stark wie ein Bulle, auch ein ausgezeichneter Tänzer – und dumm wie Bohnenstroh.«

Die letzten Worte hatte Rosental leise und schnell hinzugefügt.

»Edith verliebte sich in ihn auf eine wirklich wahnsinnige Art«, sagte er und versuchte, seine Stimme zu beherrschen. Von Osten, von den nackten Hügeln, auf denen später die Siedlung Givat Mordechai gebaut wurde, wurden graue Wolken herübergetrieben.

»Edith sagte mir, mit Schwarz könne sie vor sich selber fliehen, vor den Gedanken, die sie quälten, und vor der Angst, von der sie gepackt sei. Ich war eifersüchtig. Sie tanzten zusammen auf den Festen der Kunsthochschule *Bezalel* und vergnügten sich in den Cafés der Stadt, die gerade in Mode waren, und ich beobachtete sie verstohlen und weinte innerlich. Ich sah, dass sich Ediths Zustand verschlechterte. In ihren Augen glühte ein fremder, ungesunder Glanz. Auch ihre Bilder, die sie in dieser Zeit malte, die Bilder, die heute in den wichtigsten Museen der Welt hängen, waren verzerrt und krankhaft.«

Er seufzte. Ich betrachtete besorgt den Himmel, der sich immer mehr verdüsterte.

»Mit ihrem Zustand ging es rapide bergab«, sagte Rosental. »Sie verließ Schwarz und verliebte sich in einen anderen und dann wieder in einen anderen. Sie war wie getrieben, wie auf der Flucht. Schließlich fand sie diesen Offizier und verließ voller Hass das Land.«

Er seufzte und rückte seine Schirmmütze zurecht.

»Die Leute hier haben sich ihr gegenüber schändlich verhalten«, sagte er. »Es hat keinen Sinn, jetzt darüber zu sprechen.«

Rosental fuhr mit seiner Geschichte fort: »Bevor Edith nach England ging, besuchte sie mich noch einmal. Sie war wie eine erloschene Kerze, sie war krank. Sie gab mir das letzte Bild, das sie gemacht hatte, die Zeichnung von ihren Augen. Und sie sagte mir, dass sie die andere Zeichnung, die von ihrem Mund, Schwarz geschenkt hatte. Sie sagte: Der Blick, die Augen, gehören dir, denn du hast in mich hineinschauen können, hast die wirkliche Edith gesehen, die innerliche. Den Mund, sagte sie zu mir, den Mund, das Lachen und die Küsse, habe ich ihm gegeben. Jetzt habt ihr beide die ganze Edith in den Händen ...«

Rosental atmete schwer. Dann fuhr er mit der Geschichte fort, mit einer leisen Stimme, die wie von weit her zu kommen schien.

»Als sie aufstand, um sich zu verabschieden, berührte sie mich mit dem Finger zwischen den Augen. Ihr Finger war heiß und ich hatte das Gefühl, als würde ich an dieser Stelle verbrennen. Das war vor über zwanzig Jahren. Sie sagte noch: Diese Bilder, die Augen und der Mund, sind die letzten, die ich gemalt habe, Heinrich. Ich werde keinen Pinsel mehr anrühren. Ich kann nicht mehr malen, Heinrich. Und ich stand mit geschlossenen Augen vor ihr. Die Stelle auf meiner Stirn glühte wie ein Brandmal, das ihr Finger mir eingeprägt hatte. Als ich die Augen wieder aufmachte, war Edith schon nicht mehr da.«

Rosental nickte langsam mit dem Kopf. Sein Blick war gesenkt. Die Erinnerungen taten ihm weh.

Plötzlich fing es an zu regnen. Der erste Regen.

Leb wohl, Rosental

Es war schon zwölf Uhr Mittag. Vor zwei Stunden hatte ich mich von Rosental getrennt. Noch nie zuvor hatte ich mich so von jemandem verabschiedet. Als Elischa nach Haifa umzog, wusste ich, dass er mal nach Jerusalem zurückkommen würde, ich wusste, dass wir durch Briefe miteinander in Verbindung bleiben würden. Doch dieses Mal verabschiedete ich mich von einem Menschen, der sterben würde. Das war nicht zu begreifen und ich konnte mir das auch nicht vorstellen.

Als es anfing zu regnen, blieben wir weiter auf dem Felsen im Tal von Zion sitzen, gegenüber von Beit-Hakerem. Rosental atmete genießerisch die feuchte Luft ein und sagte: »Der erste Regen.«

Und ich dachte bei mir... Ihr wisst, was ich dachte.

Ich hatte nicht mehr versucht, ihn zu überzeugen, auf die ganze Angelegenheit zu verzichten und das blöde Duell abzublasen. Ich hatte ihn nicht zum soundsovielten Mal daran erinnert, dass wir im Jahre 1966 lebten, in Jerusalem. Das wusste er schließlich genau. Gestern war er ja selbst wütend auf Schwarz gewesen, weil der vergessen hatte, in welcher Zeit wir lebten. Er selbst hatte zu mir gesagt: »Dieser

Schwarz, dieser ungehobelte Klotz! Er glaubt wohl, er wäre noch im Deutschland vom Anfang des Jahrhunderts.«

Aber trotz allem wusste ich, dass er jetzt nicht mehr bereit war, etwas an der Abmachung zu ändern. Schwarz hatte ihn zum Duell gefordert, und er konnte sich dem nicht entziehen.

»Alle Freunde würden mich auslachen, wenn sie hörten, dass ich mich vor einem Duell drücke«, sagte er immer wieder.

Er meinte seine Freunde, die alten Männer aus jener Zeit, die immer mit ihm im Café Almog saßen und mit denen er den »Kundschafterverein der Senioren zur Bewachung des Stadtbildes« gegründet hatte.

»Sie würden mich verachten«, sagte er.

Erst dann fiel mir auf, dass er feierlicher als sonst angezogen war. Unter dem schweren Mantel trug er ein kariertes Jackett, schwarze Hosen und ein weißes Hemd. Nur die Turnschuhe, die er trug, passten nicht dazu.

Ich sagte, er sei schön angezogen.

Er lächelte bekümmert und meinte, er habe dem ehrenhaften Ereignis zuliebe seine ganze alte Garderobe hervorgeholt. »Wenn man schon so verrückt ist«, sagte er, »und fünfzig Jahre zurückgeht, dann sollte wenigstens alles auf eine schöne und ästhetische Art vor sich gehen.« Mit einem seltsamen Lächeln beugte er sich zu mir und sagte: »Ich werde sogar eine Rose kaufen und mir ans Revers stecken.«

Da kam mir der Verdacht, dass er sich womöglich

wirklich an den Gedanken gewöhnt hatte, an das bevorstehende Duell und die Revolver und die Rückkehr in die Zeit seiner Jugend, und dass es ihm sogar anfing Spaß zu machen. Doch ich sagte nichts.

»Ein Duell ist eine schöne Art zu sterben«, sagte er plötzlich mit fester Stimme, einer Stimme, die nicht seine war. »Auch Puschkin, der Dichter, ist bei einem Duell gestorben.«

Es gibt überhaupt keine schöne Art zu sterben, dachte ich, sagte aber immer noch nichts. Jetzt wusste ich schon, dass er weit weg von mir war, an einem anderen Ort, in einer anderen Zeit, und ich wurde noch trauriger.

Aber dann sagte er noch etwas Seltsames: »Jedenfalls habe ich mich dazu entschlossen, dass mein Gewissen rein sein wird.«

»Von was reden Sie?«, fragte ich.

Er öffnete die Tasche, die er in der Hand hielt, und nahm den Revolver heraus – den grauen, eisernen Revolver, den er immer in seinem Koffer aufbewahrt hatte. Dann hob er ihn mit beiden Händen und richtete ihn auf die Zweige des Pinienbaums gegenüber, am Rand des Wadis. Zwei Sperlinge, die sich vor den Regenböen schützen wollten, saßen dort auf einem Zweig. Rosental legte den Revolver auf sie an. Er kniff ein Auge zu und sein Finger drückte auf den Abzug.

Vor Angst schloss ich ganz fest die Augen. Nun war ich sicher, dass Rosental sich nicht wohl fühlte. Als ich die Explosion hörte, wurde ich von einem heftigen Zittern gepackt. Von den Hügeln herunter rollte das tosende Echo über mich.

Ich öffnete die Augen. Die beiden Sperlinge saßen noch auf dem Zweig. Rosental schaute mich an und lachte. Er hielt den Revolver in der Hand, aus dessen Mündung kein Rauch kam. Das Echo der Schüsse war nichts anderes als der Donner, der über uns am Himmel grollte.

»Ich«, sagte Rosental, »habe nicht die Absicht, meinen Revolver zu laden. Ich habe die Kugeln weggeworfen.«

Ich starrte ihn verständnislos an. »Aber Schwarz wird Kugeln in seinem Revolver haben.«

»Stimmt«, bestätigte er. »Aber ich nicht. So behalte ich beides, ein reines Gewissen und meine Ehre. Ich werde zum Duell erscheinen und keinen Menschen verletzen. In meinem ganzen Leben habe ich noch kein Blut vergossen, und in meinem Alter fällt es einem schwer, seine Gewohnheiten zu ändern.«

Ich schaute ihn nur an und sagte nichts. Ich dachte, wenn ich an seiner Stelle wäre, hätte ich nicht so leicht aufgegeben. Ich wäre mit einem geladenen Revolver gekommen und zur Sicherheit auch noch mit einem Schwert. Aber dann dachte ich – wozu? Was hätte Rosental davon, wenn auch Schwarz getroffen würde? Rache? Was für eine dumme Sache das ist, Rache.

»Freund David«, sagte Rosental, »ich schätze es hoch ein, dass du jetzt nichts gesagt hast. Dass du nicht versucht hast, mich davon zu überzeugen, mit einem geladenen Revolver zum Duell zu gehen. Ich danke dir dafür.«

Er machte eine Pause und atmete tief. Dann schaute er mich an. »Jetzt«, sagte er, »möchte ich, dass du mir gut zuhörst. Wir müssen einiges erledigen, und ich will, dass du mir dabei hilfst, denn ich verlasse mich auf dich.«

Ich konnte schon nichts mehr erkennen vor lauter Regen und Tränen. Doch ich starrte weiter geradeaus. Er gab mir die Schlüssel seines Zimmers im Altersheim und bat, ich solle sie dem Leiter, Nechemja Tussia, zurückgeben, falls ihm das Schlimmste passieren würde. Seine finanziellen Angelegenheiten mit der Verwaltung habe er schon geregelt, darüber müsse ich mir keine Sorgen machen. Alle schwierigen Angelegenheiten würden seine Freunde aus dem Café Almog erledigen. Auch das sei schon abgesprochen.

Aber er habe eine Bitte, die nur ich erfüllen könne: der Koffer, der graue Koffer in seinem Zimmer. Ob ich ihn irgendwie loswerden könne? Es seien keine wertvollen Sachen darin, nur solche, die einen gefühlsmäßigen Wert hätten. Ich könne mir nehmen, was mir gefiele, doch den Rest müsste ich loswerden.

Plötzlich hatte ich eine Idee. Es war ziemlich überraschend, dass ich in dieser Minute daran dachte. Ich fragte ihn, ob ich Vera den Inhalt des Koffers geben könne, die einen Laden genau für solche Sachen habe.

Rosental erinnerte sich an Vera. Ich hatte ihn einmal zu ihr gebracht, damit er sie kennen lernen und die wunderbaren Sachen sehen konnte, die sie in ihrem Laden hatte. Damals hatte Rosental sofort gesagt, dass er alte Gegenstände nicht ertragen könne, auch alle möglichen anderen Sachen nicht, die gebrauchte Erinnerungen wären, sonst nichts mehr.

Aber Vera hatte ihm gefallen. Sie tranken Tee zusammen und unterhielten sich länger als eine Stunde. Selbstverständlich erzählte sie ihm von den Ereignissen am Ufer des Nils und er lachte wie ein kleiner Junge. Dann besprachen sie die Lage der Welt und die Zukunftsaussichten, und ich dachte, wenn Vera keinen Ehemann gehabt hätte, hätte man vielleicht was drehen können, wie es normalerweise in Filmen passiert ...

Als ich ihn nun an Vera erinnerte, freute er sich und sagte, das sei genau das Richtige, was man mit dem Koffer tun müsse. Und wenn es Vera gelänge, etwas von dem Zeug zu verkaufen und ein bisschen Geld zu verdienen, hätte er sogar das Gefühl, dass seine Erinnerungen auf irgendeine Art etwas zur Gegenwart beitrügen, und dieser Gedanke allein würde ihm gut tun.

Dann stand er auf, stand vor mir, drückte mir die Hand und sagte, ich solle ihm nicht nachgehen.

Er drehte sich um und ging. Das tat er.

Ich blieb auf dem Felsen zurück, nass vom Regen, und hasste die ganze Welt.

Rosentals Gestalt entfernte sich langsam immer weiter nach oben. Seine Turnschuhe waren voller

Schlamm. Er ging den Sandweg hinauf und verschwand oben auf der Straße.

Nur einige Minuten später stand ich auf und fing
an, ziellos durch die Straßen zu gehen, und der Regen
hörte keine Sekunde lang auf.

Es war schon zwei Uhr, als ich im Altersheim ankam.
Die alten Leute saßen wie üblich in der Eingangs-
halle. Einige starrten in die Luft, andere unterhielten
sich miteinander oder murmelten etwas vor sich hin.
Es war sehr ruhig. Ich ging zum zweiten Stock hinauf
und betrat Rosentals Zimmer.

Es war ein sehr seltsames Gefühl, ohne ihn da zu
sein. Das Zimmer sah ganz anders aus, obwohl sich
alles auf seinem Platz befand. Ich schaute mich um
und es gab mir einen Stich: Viele Stunden hatte ich in
diesem Zimmer verbracht. Viele Leute hatte ich hier
getroffen, seine Freunde und alle, die Rosental »sam-
melte«, wie er es ausdrückte, so wie manche Leute
Briefmarken sammeln. Jetzt war das alles vorbei.

Auf dem Boden neben dem Tisch stand der Koffer.
Grau, mit zwei Stoffgürteln zusammengebunden.
Rosental hatte ihn aus Deutschland mitgebracht und
alle seine Erinnerungen waren darin verborgen.

Ich bückte mich und machte ihn auf. Das Papier-
bündel, die Gegenstände, die Bücher lagen wieder
vor mir. In dieser Sekunde fuhr mir ein Gedanke
durch den Kopf und danach noch einer. Erst dachte
ich, das Bild, das Bild der berühmten Augen, befinde
sich noch immer im Koffer. Der zweite Gedanke war

viel erschreckender und beängstigender: Wenn es jemanden gab, der das Bild von Schwarz gestohlen hatte, war es doch fast sicher, dass er auch das Bild von Rosental stehlen würde! Dieser Gedanke war so erschreckend, dass ich mitten in der Bewegung innehielt.

Doch mir blieb nicht viel Zeit. Plötzlich hörte ich auf dem Korridor schnelle, leise Schritte, und Panik ergriff mich. Die Schritte kamen näher und hielten hinter der Tür an. Dann hörte ich – außer meinem eigenen Herzklopfen –, dass sich jemand ungeschickt am Schloss zu schaffen machte und dann offensichtlich beschloss, auf die Klinke zu drücken.

Und die Tür öffnete sich.

Überlegungen
eines angehenden Detektivs

Jetzt würde ich gern von schönen Dingen erzählen. Von angenehmen Augenblicken. Zum Beispiel von den Briefen, die Elischa mir aus Haifa schickte. Oder von dem Theaterstück, das wir im letzten Jahr gemeinsam geschrieben hatten. Ein Theaterstück, in dem jedes Wort umgekehrt geschrieben worden war, vom Ende bis zum Anfang, und auch die Handlung verlief umgekehrt. Oder zum Beispiel von ... egal, von was.

Ich wäre bereit, von allem Möglichen zu reden, nur, damit ich nichts über mich sagen müsste, über die schreckliche Angst, die mich gepackt hatte, als ich plötzlich Schritte im Korridor des Altersheims hörte und jemand auf die Klinke drückte und die Tür aufmachte.

In dieser Sekunde flog ich – ich habe keine andere Erklärung für das, was mit mir passierte. Ich flog über den Stuhl rechts neben mir, ich schwebte über den Papierkorb und glitt durch die Luft, leise und schnell wie eine Fledermaus, bis ich mich, ohne dass ich darüber nachgedacht hatte, im allerbesten Versteck befand, das ich innerhalb dieser kurzen Zeit hätte erreichen können: in dem großen Kleiderschrank. Ich war drin und es war mir sogar noch gelungen, hinter mir die Tür anzulehnen.

Eine Sekunde später hörte ich, wie die Zimmertür leise zugemacht wurde, und der Fremde war im Raum.

Es gibt Augenblicke im Leben, in denen man mit der Intensität von drei Gehirnen gleichzeitig denkt. Ein Gehirn überlegt sich waghalsige Aktionen, das zweite arbeitet sie aus, und das dritte zittert einfach vor Angst und singt sich selbst Lieder der Niederlage.

In Rosentals dunklem Kleiderschrank war ich vollkommen der Herrschaft des dritten Gehirns unterworfen. Ich hörte nur die Stimme, die Lieder der Angst und der Niederlage summte.

Eigentlich hörte ich noch etwas anderes: das Geräusch der Füße des Unbekannten, der mit schnellen, nervösen Schritten durch das Zimmer ging. Ich hörte, wie er eine Tischschublade aufzog. Es wurde still, nur das Rascheln von Papier war zu hören. Dann wurde die Schublade wieder geschlossen. Schritte.

Ich lehnte mit dem Rücken an der hinteren Wand des Schrankes und versuchte, mich zwischen den Kleidern zu verstecken und ganz zu verschwinden. Im Schrank roch es stark nach Naphtalin und auch nach Salbeiblättern, die Rosental hineingelegt hatte, damit seine Kleider angenehm und freundlich dufteten. Ich stand bewegungslos zwischen den Anzügen und Hemden, zwischen den Flanellhosen und den Wolljacken und versuchte, selbst ein Hemd oder eine Hose zu sein, irgendwas mit Knopflöchern und Knöpfen, nur nichts Lebendiges, nichts, das denkt und Angst hat.

Die Schranktür war nicht fest geschlossen. Ich hatte keine Zeit gehabt, sie richtig zuzuziehen, als ich, von übernatürlichen Kräften bewegt, in den Schrank geflogen war. Ein schmaler Lichtstreifen drang durch den Spalt herein, das war alles. Ich konnte nicht sehen, was im Zimmer passierte. Aber, um die Wahrheit zu sagen, es war mir auch egal, was im Zimmer passierte. Alles, was ich wollte, war, dass das, was dort passierte, aufhören würde zu passieren, damit ich aus meinem erstickenden Versteck heraus- kommen konnte.

Na also, da ist ja was, über das es sich lohnt nach- zudenken. Ein großer Teil der Stunden, die ich mich zu Hause aufhielt, in meinem Zimmer, wenn ich in eine Decke gewickelt auf meinem Bett saß und Bags, meinen Hasen, auf dem Schoß hatte – ein großer Teil dieser Stunden war wilden Fantasien über Detektive gewidmet. Ich stellte mir vor, welche Heldentaten ich in einem Fall wie diesem, in dem ich mich jetzt be- fand, vollbringen würde. In schillernden Farben malte ich mir dann immer aus, wie ich aus dem Hin- terhalt platzte und mit einem leichten Sprung den Räuber und/oder den Mörder und/oder den Entfüh- rer fing, ihn mit einem doppelten Nelsongriff von hinten überraschte und ihm gleichzeitig mit meiner eisenharten Faust einen Kinnhaken verpasste, ihm auf die zitternden Beine half und dann die blitzenden

Handschellen anlegte und mit einer beruhigenden und väterlichen Stimme sagte: Das war's, Johnny, das Spiel ist aus.

Und jetzt, wo der passende Zeitpunkt gekommen war, verließ mich der Mut, obwohl ich mich doch in vielen Stunden in der Fantasie auf diese Situation vorbereitet hatte. Meine Angst war so groß, dass ich noch nicht mal versuchte, durch den Türspalt zu spähen und zu sehen, wer der Mann im Zimmer war – ein Versäumnis, wegen dem ich bestimmt von jeder Schule für Detektive verwiesen worden wäre. Mindestens hätte es mir zu einem Zeugnis mit dem Vermerk verholfen: Der Auszubildende wird in die nächste Klasse versetzt, aber nicht an unserer Schule.

Doch der Mann im Zimmer vergeudete seine Zeit nicht mit Ängsten und Befürchtungen. Im Gegenteil. Er war sehr zielstrebig. Ich hörte, wie sich die schnellen Schritte dahin und dorthin bewegten. Ich hörte, wie er schwer atmete, vermutlich als er sich bückte, um unter das Bett zu schauen. Und ich war verblüfft über die Energie, mit der er mit rasender Geschwindigkeit Schubladen aufriss und wieder zumachte.

Sehr bald, in wenigen Minuten, würde er auch im Schrank suchen, da war ich mir sicher, und dieser Gedanke machte mich keineswegs glücklich. Im Gegenteil. Aber ich hatte Grund zur Hoffnung. Je mehr Zeit verging, so dachte ich jedenfalls, umso nervöser würde der Dieb, und umso schneller würde er vom Ort des Verbrechens verschwinden wollen, auch wenn er seinen Auftrag nicht ausgeführt hatte.

Vorsichtig hob ich die Hand und schaute auf die Uhr. Im Dunkeln leuchtete das Zifferblatt grünlich. Es war zehn vor drei. Wenn der Dieb schnell wegging, konnte ich noch den Autobus zum Kibbuz Ramat-Rachel erwischen und Rosental und Schwarz erzählen, dass ich den Dieb gesehen hatte oder wenigstens von seiner Existenz wusste. Das bedeutete schlichtweg, dass es noch einen Dritten gab, außer ihnen beiden, der von den Bildern wusste, die Edith Strauss gemalt und ihren beiden Freunden überreicht hatte, bevor sie das Land verließ. Das wiederum bedeutete, dass die beiden auf das Duell verzichten und lieber mit vereinten Kräften nach dem Verbrecher suchen konnten.

Aber in dem Moment, als ich das dachte, erwartete mich ein anderer Gedanke – so erstaunlich und glänzend, dass ich in meiner Vorstellung schon sah, wie der Direktor der Schule für Detektive meinen Vater anflehte, mich doch wieder zu ihm zu schicken – und zwar nicht als einfachen Schüler, sondern als Lehrer und Ausbilder einer neuen Generation von Detektiven.

Was ich dachte, war Folgendes: Außer mir wissen nur Schwarz und Rosental von den Bildern, den Augen und dem Mund von Edith Strauss. Und jetzt: Schwarz weiß, dass sich Rosental in diesem Moment auf dem Weg zu der Apfelplantage von Ramat-Rachel befindet. Was hindert ihn daran, wenn das so ist, in Rosentals Zimmer zu gehen und in aller Ruhe und ohne Angst vor Störung sein Bild zu suchen, das sich seiner Meinung nach hier befand?

Und dann übertraf ich mich selbst. Ich fügte der Kette von Gedanken, die mir im Schrank gekommen waren, noch einen erstaunlichen und glänzenden Einfall hinzu: Vielleicht hatte Schwarz mit seiner Anschuldigung überhaupt gelogen? Vielleicht war das alles nur ein gerissener Trick, der dazu dienen sollte, Rosental zu einem bestimmten Zeitpunkt aus seinem Zimmer zu locken, damit Schwarz kommen und ohne Störung das Bild stehlen konnte, das Rosental gehörte!

Ich hoffe, dass ihr meinem Gedankengang folgen könnt. Wer auch nur einen spannenden Kriminalroman in seinem Leben gelesen hat, wird mich mit Leichtigkeit verstehen. Ich, zum Beispiel, verstand mich gut. Und je mehr ich verstand, umso fester ballten sich meine Hände zu Fäusten vor lauter Wut. Was für ein teuflischer Einfall, dachte ich, was für ein geniales Gehirn er hat, dieser Schwarz! Er schickt Rosental einen beleidigenden Brief, dass Rosental in sein Haus eingebrochen sei und das Bild vom Mund gestohlen habe, während das Bild überhaupt nicht gestohlen war. Und der ganze Plan, das ganze dumme Spiel vom Duell, diente lediglich dazu, Schwarz den Diebstahl des Augenbildes aus Rosentals Zimmer zu ermöglichen!

In dieser Minute verschwand meine Angst. Ich erinnerte mich daran, wie aufgeregt und besorgt Rosental an diesem Vormittag gewesen war. Ich dachte daran, dass er sich in Gedanken schon von allem verabschiedet hatte, was ihm teuer war. Und ich wusste, dass Schwarz hier ein absolut schändliches Spiel spielte.

Der Schweiß rann mir von den Händen, und vor Wut schienen mir rote Hörner auf der Stirn zu wachsen. Ich fühlte, dass ich bald durch die Schranktür stoßen würde vor Zorn und dass es mir egal wäre, ob er, Rudi Schwarz, Schuhgröße 47 trug oder nicht und mal der Kraftprotz der Universität Heidelberg gewesen war, sogar, dass er möglicherweise einen Revolver aus dem Ersten Weltkrieg in der Tasche hatte. Ich wusste, dass ich etwas tun musste, und nicht nur, um die Angst Rosentals zu rächen. Ohne zweimal nachzudenken – und ihr wisst ja schon, dass mir das nicht ähnlich sieht –, bahnte ich mir einen Weg durch die aufgehängten Hemden, Mäntel und Kleiderbügel, stieß heftig die Schranktür auf und sprang hinaus.

Der Fremde, der sich in diesem Moment über den Koffer beugte, sprang hoch wie eine erschreckte Katze. Er hob sich regelrecht vom Boden, landete auf dem Bett, sprang auf und stand mir gegenüber.

Und dann stießen wir beide einen Schrei aus. Wir schrien vor Angst – aber meine Angst war größer.

Das Gesicht des Unbekannten kannte ich gut. Heute Morgen hatte ich in der Schulbücherei gesessen und es minutenlang auf einem Foto betrachtet, deshalb wusste ich genau, dass ich mich nicht irrte. Der Unbekannte, der mir in Heinrich Rosentals Zimmer im Altersheim gegenüberstand, war keineswegs Rudi Schwarz, sondern ein schönes junges Mädchen. Und sie war – ohne jeden Zweifel und ohne jede Logik – Edith Strauss, die Malerin. Die tote Geliebte von Rosental und Schwarz, die bekanntlich vor siebzehn Jahren in einem kleinen Kurort in England gestorben war.

Ann

Ich schrie. Ich weiß nicht mehr, ob ich »Mama« schrie oder »O weh« oder was so die üblichen Angstschreie sind, aber über den Ton der Angst in meiner Stimme gab es keinen Irrtum. Das war die Angst vor dem Allerschlimmsten! Denn ich fand mich Auge in Auge mit einem Geist: dem Geist der verstorbenen Edith Strauss.

»O my God«, sagte der Geist in akzentfreiem Englisch.

Keiner von uns beiden hatte sich bis jetzt bewegt.

Sie war etwas größer als ich und sie trug eine riesige Brille, die ihr halbes Gesicht verbarg. Trotzdem war ich sicher, dass ich mich nicht irrte. Ihr wisst, warum:

Am Morgen, als mich Herr Nachmani aus dem Unterricht geworfen und mir aufgegeben hatte, einen Aufsatz in Englisch zu schreiben, hatte ich es vorgezogen, in der Bücherei über die Malerin Edith Strauss zu lesen. In dem Buch über jüdische Malerei der Gegenwart hatte ich ihr Foto und die sichere Auskunft gefunden, Frau Strauss sei 1949 gestorben. Sowohl Rosental als auch Vera hatten diese Aussage bestätigt, deshalb hatte ich keinen Grund, an ihrer Wahrheit zu zweifeln. Außerdem, auch wenn ein

Wunder passiert und Edith Strauss am Leben geblieben wäre, müsste sie heute fast fünfzig Jahre alt sein.

Die Frau mir gegenüber sah allerhöchstens aus wie zwanzig, trug einen sportlichen Jeansanzug und eine große, modische Brille. Dieser Aufzug sah keineswegs aus wie die Kleidung eines Geistes, eher wie die moderne Einheitsgarderobe einer Schülerin.

Aber außer diesem kleinen Unterschied sah sie genau aus wie Edith. Daran war kein Zweifel möglich. Und das war am schlimmsten: Mit Irrtümern kann man fertig werden, da wusste ich Bescheid, aber mit Geistern hatte ich keine große Erfahrung.

»Du bist so blass«, sagte der Geist in Hebräisch, jedoch mit einem starken englischen Akzent, und betrachtete mich besorgt. Sie zog ein Taschentuch aus der Tasche, befeuchtete es am Wasserhahn und fing ohne viel Federlesens an, meine Stirn damit zu reiben.

»Komm, setz dich. Gleich fühlst du dich wieder besser.« So sagte sie.

Ihre Hand roch angenehm nach Parfüm und ihr Blick war weich und neugierig. Offensichtlich gehörte sie zu der netteren Art Geister.

»Ich heiße Ann«, sagte sie. »Ann Strauss.«

»Und ich bin ein Esel«, sagte ich.

Sie sah mich erstaunt an.

Ich seufzte tief. »Ich heiße David. Und du Ann. Du bist die Tochter von Edith Strauss, nicht wahr?«

»Was? Du hast von meiner Mutter gehört?«

»Ich habe sehr viel von deiner Mutter gehört«,

sagte ich, »jedenfalls in den letzten vierundzwanzig Stunden.«

Wenn ich genauer hingehört hätte, was Vera mir am Morgen erzählt hatte, hätte ich mir die Panik ersparen und gleich wissen können, dass Ann nicht Ediths Geist war, sondern nur ihre Tochter, obwohl Vera nicht genau wusste, ob Edith einen Sohn oder eine Tochter bekommen hatte.

Doch dann erinnerte ich mich daran, dass diese Ann mir eigentlich einige Erklärungen schuldig war, deshalb stand ich vom Bett auf und stellte mich vor sie. Ich sagte klar und deutlich, dass es viele Dinge gäbe, die sie nicht wisse, aber es ginge um Leben und Tod. Wenn sie mir nicht sofort alles sage, was sie über das Bild wisse, das Rudi Schwarz gestohlen worden sei, und wenn sie mir nicht sofort erkläre, was sie hier im Zimmer von Rosental mache, würde sie das Unheil, das bereits angerichtet war, möglicherweise verschlimmern.

Ich sprach schnell und ich glaube, dass Ann nicht genau verstand, was ich meinte. Aber der drängende Unterton in meiner Stimme brachte sie dazu, mir alles zu erzählen, was sie wusste.

Sie war vier Jahre alt gewesen, als ihre Mutter starb. Sie erinnerte sich fast nicht mehr an sie, denn ihre letzten Jahre verbrachte Edith in verschiedenen Heimen. Anns Vater zog sie erst allein auf, später heiratete er eine andere Frau, die Ann eine gute und liebevolle Mutter war. Ann wusste nichts über Ediths Leben. Ihr Vater sprach nicht gerne über sie, und so kam es, dass Ann noch nicht einmal wusste, dass sie selbst Jüdin war, und zu Israel hatte sie überhaupt keine Beziehung.

Aber vor drei Jahren war ihr Vater gestorben. Vor seinem Tod gab er ihr einen Brief – einen Brief, den Edith an sie geschrieben hatte, bevor sie gestorben war.

Ann hörte auf zu sprechen und schaute mich an. Offensichtlich überlegte sie, ob ich erwachsen genug sei, die Dinge zu verstehen, die sie mir erzählte. Ich schaute ihr klar und direkt in die Augen. Sie fuhr mit ihrer Geschichte fort.

In diesem Brief bat Edith ihre Tochter um Entschuldigung. Sie entschuldigte sich dafür, dass sie ihr keine gute Mutter gewesen sei und dass sie sie in so zartem Alter verlassen würde.

»Wenn du diesen Brief bekommst«, schrieb Edith, »wirst du sicher eine erwachsene Frau sein, und vielleicht hast du dann schon eigene Kinder.«

Edith erzählte in diesem Brief von ihrem Leben, über ihre Kindheit in Deutschland und über ihr Leben als Frau in Palästina, dem Land Israel. Sie schrieb über alles – über ihre Liebhaber, die Malerei, auch über das, was ihr die Leute vom Untergrund zur Strafe angetan hatten, weil sie Beziehungen mit dem englischen Offizier angefangen hatte, mit Anns Vater.

Dann erzählte mir Ann Dinge, die ich bereits wusste, über die große Liebe ihrer Mutter zu Rosental und zu Schwarz. Sie berichtete von den beiden Bildern, die Edith gemalt hatte, bevor sie das Land verließ.

»Diese beiden Bilder sind deine Mutter«, schrieb Edith an ihre Tochter, die sie kaum kannte. Sie bat sie, wenn sie erwachsen und selbstständig sei, alles zu tun, was in ihrer Macht stünde, diese beiden Bilder zu bekommen.

»Von allen Bildern, die ich gemalt habe«, schrieb Edith, »sind mir diese beiden am liebsten. Du musst sie dir beschaffen. Rosental und Schwarz brauchen sie nicht mehr. Sie werden mich wohl bald vergessen haben. Aber ich möchte, dass du mein Gesicht kennen lernst.«

Ann schaute mich fragend an.

Ich sagte schnell: »Sie haben sie nicht vergessen. Beide denken noch an sie. Deine Mutter war keine Frau, die man vergisst. Aber erzähl weiter.«

Und sie erzählte. Der Brief und der Tod ihres geliebten Vaters veränderten ihr Leben. Plötzlich fing sie an, eine Beziehung zum Judentum zu empfinden. Zu Israel. Sie las Bücher über die Geschichte der Juden und über die Gründung des Staates Israel. Sie ging in die Synagoge der jüdischen Gemeinde in London. Sie traf sich mit Vertretern der israelischen Einwanderungsbehörde. Kurz danach war sie auf dem Weg hierher, als Neueinwanderin. Sie entschloss sich sogar, den jüdischen Familiennamen ihrer Mutter anzunehmen – Strauss.

Ich hörte ihr ruhig zu. Wie seltsam die Schicksale mancher Menschen sind, dachte ich. Rosental war aus Deutschland hierher gekommen und Edith auch. Sie wanderte aus nach England, nur damit ihre Tochter nach so vielen Jahren wieder hierher kommen würde.

Ann erzählte weiter.

Eineinhalb Jahre war sie nun schon hier, im Kibbuz Kiriat Anavim, und die ganze Zeit bedrückte sie der Gedanke an den Brief. Das Wissen, dass sie den letzten Wunsch ihrer Mutter nicht erfüllt hatte, quälte sie.

Diese Woche nun hatte sie das Gefühl, sie könnte es nicht mehr länger aushalten. Sie beschloss, nach Jerusalem zu fahren und sich mit Schwarz zu treffen.

Er verhielt sich äußerst misstrauisch ihr gegenüber. Noch bevor sie den Mund aufmachen konnte, beschuldigte er sie, sie sei »zum Zweck der Spionage oder zum Spendensammeln für fragwürdige Einrichtungen« in seine Wohnung gekommen. Er war sehr aggressiv und beleidigend. Über seine Schulter hinweg sah Ann das Bild auf der Kommode. Kein Irrtum war möglich. Das Bild eines lebendigen Mundes – des Mundes ihrer Mutter.

»Und dann hast du das Bild gestohlen«, sagte ich wütend und betrachtete sie erstaunt: Sie sah so zart aus, und dann so was!

»Du kannst das nicht verstehen«, sagte sie. »Es war das Andenken an meine Mutter, und er war so ein abscheulicher Mann, und ich habe es nicht gestohlen ...«

»Was?«, schrie ich und sprang auf. Wenn Ann

nicht die Diebin war, dann war die Gefahr noch nicht vorbei.

»Ich habe es genommen«, erklärte Ann verlegen. »Eigentlich habe ich mir das Bild geliehen – das heißt, als ich endlich aus der Wohnung von Herrn Schwarz ging, war das Bild bei mir. Aber nach einigen Stunden war es wieder auf dem Weg zu ihm. Verstehst du?«

Nein, ich verstand nichts.

»Schau«, sagte sie nachdrücklich und eine zornige Röte erschien auf ihren Wangen. »Ich bin keine Diebin. Dieses Bild, das mir so teuer war – ich hätte es nicht behalten können, denn ich hätte die Tatsache nicht ausgehalten, es gestohlen zu haben. Ich zog es vor, es nicht zu besitzen. Lieber sollte es bei diesem schrecklichen alten Mann bleiben, Hauptsache, ich musste es nicht stehlen. Ich ... verstehst du?« Jetzt klang ihre Stimme fast flehend.

Ich nickte.

»Und was hast du mit dem Bild gemacht?«, fragte ich.

Ann lachte bitter. »Ich habe eine tolle Lösung gefunden: Ich habe es in irgendeinem Laden fotokopiert. Nur ein blasser, enttäuschender Abzug. Sofort danach habe ich es eingepackt und an die Adresse von Schwarz geschickt. Es ist bestimmt schon dort angekommen.«

Staunend schaute ich sie an. Sie wusste überhaupt nicht, welche Verwicklungen sie verursacht hatte. »Und das ... und diese Regelung«, fragte ich vorsichtig, um sie nicht zu verletzen, »genau diese Regelung hattest du auch hier vor, bei Rosental?«

»Ja«, antwortete sie halblaut und wich meinem Blick aus. »Schau, ich weiß, was du über mich denkst, aber ich habe gedacht, das wäre eine Möglichkeit, die niemandem wehtut. Ich nehme an, Schwarz hat noch nicht mal gemerkt, dass ich mir das Bild für ein paar Tage von ihm ausgeliehen habe. Auch dein Großvater hätte es nicht gemerkt.«

»Rosental ist nicht mein Großvater«, sagte ich. »Wir sind nur Freunde.«

Dann schaute ich auf die Uhr. Es war halb vier.

»Jetzt hör mir zu, Ann«, sagte ich, so kühl ich konnte. »Ich glaube, du verdienst eine schreckliche Strafe, obwohl du gar nicht weißt, was du angerichtet hast. Zwei Menschen wollen einander bei einem Duell töten, wegen deiner unverantwortlichen Handlung. Aber für Moralpredigten ist jetzt keine Zeit. Ich sage nur eines: Wenn du mir jetzt zuhörst und ohne zu widersprechen genau das machst, was ich dir sage, können wir dieses ganze Kapitel vielleicht zum Guten wenden.«

Ich sprach schnell und deutlich. Vermutlich wäre mein Vater, der Rechtsanwalt war, stolz auf mich gewesen. »Und noch etwas: Wenn du alles machst, was ich dir sage, glaube ich, dass du noch heute Abend die Originalbilder deiner Mutter von Schwarz und Rosental bekommen wirst und dich nicht mit den blassen Abzügen begnügen musst.«

Ich sah den zweifelnden Blick in ihren Augen. Und

ich wusste genau, dass die Chancen gering waren. Aber ich hatte eine verrückte Idee.

»Gleich macht Vera ihren Laden auf«, sagte ich, »und auf dem Weg dorthin erkläre ich dir, wer Vera ist. Aber bis wir zu ihr gehen, bleiben uns noch ein paar Minuten, in denen ich Ruhe brauche, damit ich nachdenken kann.«

Nun war es an ihr, mich erstaunt anzuschauen. Ich glaube, ich benahm mich an dieser Stelle ein bisschen arrogant, aber ich wusste, dass ich ihr Sicherheit vermitteln musste, damit sie sich einverstanden erklärte, meinen Plan auszuführen.

»Und was soll ich inzwischen machen?«, fragte sie mit einer leicht amüsierten Stimme, die mich daran erinnerte, dass ich in ihren Augen trotz allem nur ein zwölfjähriger Junge war.

Und da kam mir der allergenialste Einfall. Ich erklärte ihn ihr. Sie zögerte. Ich sagte, wenn sie es täte, würde ich das als Sühne für die Panik ansehen, die sie mir vorhin verursacht hatte.

Sie lachte. Sie war einverstanden.

Wir fanden einige Blätter und einen Stift, und in den folgenden Minuten, als Sherlock Holmes der Große auf Rosentals Bett saß und seine nächsten Schritte plante, saß Ann Strauss am Tisch und schrieb schnell und eifrig, in einfachem, fließendem und klarem Englisch, einen fünfseitigen Aufsatz. Thema: »George, der junge Mann aus London«.

Das Duell

Genau um vier Uhr betrat Vera ihren Laden auf den Sderot-Herzl in Beit-Hakerem. Nur noch eine Stunde blieb mir Zeit bis zum Duell zwischen Rudi Schwarz und Heinrich Rosental in der Apfelplantage neben dem Kibbuz Ramat-Rachel, und, wie gesagt, in Rosentals Revolver befanden sich keine Kugeln.

Ich verließ mich auf drei Dinge: auf Veras kleines, altes Auto, auf Veras Laden und die Schnelligkeit ihres Denkens. Nein, in umgekehrter Reihenfolge.

Die Prüfung im schnellen Denken bestand Vera mit Leichtigkeit. Ich stellte ihr Ann vor, sagte, sie sei die Tochter von Edith, der Malerin, über die wir uns heute Morgen unterhalten hätten, und die beiden schüttelten sich die Hände.

Vera sagte: »Gottsollhelfen, wie sehr sie ihrer Mutter ähnlich sieht!«

Ich ließ ihr keine Zeit, Fragen zu stellen, und sagte: »Vera, wir haben keine Zeit für Erklärungen. In einer Stunde wird in der Apfelplantage neben dem Kibbuz Ramat-Rachel etwas Schreckliches passieren. Es geht um Leben und Tod, mehr eigentlich um Tod. Rosental, über den wir heute Morgen gesprochen haben, könnte dort umkommen, wenn wir uns nicht beeilen, verstehst du?«

Sie verstand nicht.

Überhaupt, in den letzten Stunden hatte ich zu den Leuten in meiner Umgebung oft undeutliche Sachen gesagt, ich hatte seltsame Vorschläge gemacht und absonderliche Pläne geschmiedet. Gott allein weiß, woher ich den Mut dazu hatte, so viel zu riskieren. Vielleicht war es auch nur Dummheit und überhaupt kein Mut. Aber das zu entscheiden hatte ich jetzt keine Zeit.

Vera nickte. Ihre Augen glänzten und ich wusste, sie würde uns helfen. Das machte mich schon etwas ruhiger, denn Vera ist wirklich etwas Besonderes, und es war gut, sie an der Seite zu haben. Jetzt mussten wir als Erstes Veras Laden durchsuchen, das heißt den Inhalt des Ladens.

Ich erklärte Vera und Ann meinen Plan und sah, dass sie nicht überzeugt waren. Ich sagte, ich sei sicher, dass Ann nur so die beiden Bilder von Rosental und Schwarz bekommen könne. Sie zögerten immer noch.

Da sagte ich, nur so könnten wir das Duell verhindern. Das überzeugte sie.

Zu dritt tauchten wir in Veras kleinen Laden und in das Lager ein, das sich dahinter befand. Wir wühlten in den Bergen Zeug, warfen Gegenstände aller Art herum und wirbelten Unmengen antiken Staubes auf.

Von Zeit zu Zeit zog Vera etwas von einem verborgenen Regal herunter oder holte von einem Haken an der Decke einen Kleiderbügel, und wir prüften die Beute. Ich kniff die Augen zu, um in der Dunkelheit und in meinem Gedächtnis besser zu sehen, um den notwendigen Vergleich vorzunehmen. Dann lehnte ich ab. Nein, passt nicht. Es musste stimmen, musste ein genaues Abbild sein.

Auch Ann beteiligte sich an der Suche. Es war ein Vergnügen zu sehen, wie sie in den Kleiderbergen, Schachteln und Koffern wühlte, zwischen den alten Nähkästen herumkroch, mit dem Kopf an hölzerne Leuchter stieß – und sich mit keinem Ton beschwerte.

Und dann, es war schon halb fünf, wir waren der Verzweiflung nahe und ich war schon fast bereit, nach Ramat-Rachel zu fahren, ohne meinen Plan in die Tat umgesetzt zu haben, fand Vera das, was wir gesucht hatten. Es war, als hätte der Gegenstand in den Tiefen des Lagers dreißig Jahre lang auf uns gewartet.

Vier Minuten später, vier Minuten, in denen ich vor der Tür gewartet hatte, kamen Vera und Ann lachend und mit leuchtenden Augen heraus, und ich klatschte in die Hände vor Freude – denn genau so hatte ich es mir vorgestellt.

Nur dass keine Zeit für wilde Freude war, denn die Zeiger meiner Uhr standen schon auf zwanzig Minuten vor fünf und die Zeit drängte.

Wir stürmten zu Veras altem Auto.

Ann zog einen Spiegel aus der Handtasche und änderte nach meinen genauen Angaben ihre Frisur. Dann drehte sie sich zum Rücksitz um, schnitt eine

Grimasse und zwinkerte mir lächelnd zu. Sie war wunderbar, und ich war sicher, dass mein Plan klappen würde.

Das armselige Autochen stöhnte, als Vera auf den Gashebel trat. Vera raste wie ein Sturmwind über die Pisten, und ihre Nase klebte fast an der Windschutzscheibe.

Inzwischen erzählte ich ihr und Ann alle Einzelheiten der Geschichte – angefangen mit gestern, als Rosental den Drohbrief bekommen hatte, dann griff ich rückwärts ins Rad der Zeit und berichtete von der Studienzeit an der Universität in Heidelberg, vom Jerusalem der Dreißiger- und Vierzigerjahre, von England, wo Ann geboren wurde und Edith starb, und dann wieder von heute, den Sechzigerjahren in Jerusalem.

Anns Gesicht konnte ich nicht sehen, sie saß mit dem Rücken zu mir. Aber ich sah ihren Nacken. Wer meint, ein Nacken sei ausdruckslos, der irrt sich gründlich. Anns Nacken war erschüttert, er war erschrocken und dann war er gebogen vor Reue und Wut auf sich selbst.

Alle drei schwiegen wir, nur der Motor brummte.

Fünf Minuten vor fünf kamen wir an. Das war schon sehr spät und ich hoffte, es würde nicht zu spät sein.

Wir hielten direkt neben der Apfelplantage und ich stürmte aus dem Auto. Zuvor hatte ich Ann genau erklärt, was sie tun sollte – und wann. Das Wann war besonders wichtig und ich machte mir ein bisschen Sorgen, ob sie genau verstanden hatte, was ich meinte.

Ein feiner Regen hatte angefangen und ich rannte, so schnell ich konnte. Ich wusste genau, wohin ich rennen musste, denn vor mir, mitten in der Plantage, sah ich eine kleine Menschenansammlung.

Das waren bange Minuten. Plötzlich war ich sicher, dass ich versagt hatte. Schlimmer noch, ich dachte, dass mein kindischer Wunsch, Theater zu spielen, dazu geführt hatte, dass ich zu spät zum Duell gekommen war. Eine kalte Angst stieg in mir auf und die Haut über meinem Herzen wurde feucht. Ich hörte die Stimme meiner Mutter sagen: Du lebst so sehr in einer Fantasiewelt, dass du manchmal nicht zwischen Fantasie und Wirklichkeit unterscheiden kannst. Wie Recht sie hatte.

In jenen Sekunden war ich nicht sicher, ob ich nicht ein mörderisches Durcheinander zwischen den beiden Welten verursacht hatte. Ich hasste mich und meine Neigung, das Leben und die Menschen meiner Umgebung so zu betrachten, als wären sie nur Teil einer Fantasiegeschichte, die ich schrieb.

Rennend kam ich bei dem Häuflein Männer an. Sie drehten sich nach mir um und betrachteten mich erstaunt. Ich blieb vor ihnen stehen.

Es waren sehr alte Männer. Sie trugen lange, dunkle Mäntel und über ihren Köpfen ragten einige schwarze Schirme.

Sie musterten mich neugierig. Ihre Gesichter waren faltig, ihre Rücken gebeugt vom Alter. Einen

Moment lang kamen sie mir vor wie ein seltsames Gemälde und dann nahmen ihre Gesichter bekannte Züge an.

Ich hatte sie schon mal getroffen, alle. Es waren Rosentals Freunde aus dem Café Almog und unter seinem Kommando dienten sie im »Kundschafterverein der Senioren zur Bewachung des Stadtbildes«, den er gegründet hatte.

Nicht weit entfernt sah ich Rosental selbst, der mit dem Rücken zu uns stand, das Gesicht geradeaus gerichtet, zu dem arabischen Dorf Zur-Bacher hin, das im Nebel lag.

Ich wandte meinen Blick etwas nach rechts und sah zum ersten Mal Schwarz, Rudi Schwarz, den Kraftprotz von der Universität Heidelberg.

Wenn ich nicht so angespannt gewesen wäre, wenn die Stille, die in der Plantage herrschte, nicht so erdrückend gewesen wäre, wäre ich in Gelächter ausgebrochen.

Ihr versteht: Die letzten beiden Tage hatte Rosental voller Angst von dem Kraftprotz gesprochen, von seiner Stärke und seiner Gewalttätigkeit. Und ich hatte vergessen, dass inzwischen fast fünfzig Jahre vergangen waren seit der Zeit, in der Rudi Schwarz ein junger, kräftiger Kerl gewesen war.

Noch immer hatte er Schuhgröße 47, doch sein Anblick weckte jetzt eher Mitleid als Angst. Er war sehr dünn, auf eine unnatürliche Art dünn, und sehr groß. Er sah aus wie ein Schilfrohr, das bei jedem Windhauch zerbrechen konnte.

Doch dann sah ich seine Augen und änderte meine Meinung. Sein Blick war brennend. Ich weiß kein anderes Wort, um das Feuer zu beschreiben, das aus ihnen sprühte. Das Feuer von ungeheurer Wut, von Wahnsinn.

Einer der Alten aus der Gruppe erkannte mich jetzt. Es war Gamliel Stern, ein kleiner Mann.

Er kam einen Schritt auf mich zu. »Freund David«, sagte er mit einer Stimme, die vom Alter zitterte, »wir haben versucht, sie davon abzubringen. Wir haben gesagt, dass es sich nicht lohnt, dass es sich in ihrem Alter nicht gehört, so etwas zu tun. Aber Schwarz bleibt stur. Wir haben es wirklich versucht.«

Er lächelte traurig und kehrte zu der Gruppe zurück.

Ein anderer Alter, dessen Namen ich nicht wusste, sagte murrend: »Es gibt Ehrengesetze, hat Schwarz gesagt, Ehre oder Tod. Unmöglich, ihn davon abzubringen. Er ist ein Barbar.« Dann fügte er noch etwas in Jiddisch hinzu. Die Alten nickten.

Der Regen wurde stärker. Der Anblick war so seltsam: die alten, schwarzen Männer, der graue Nebel, die Zweige der Bäume, die vom Wind gepeitscht wurden. Ich wünschte, meine Mutter wäre hier, um zu sehen, wie sich zuweilen die Grenzen zwischen der Wahrheit und der Fantasie verwischten.

Aber in dieser Sekunde stieß Schwarz einen kurzen Schrei aus. Die Alten wandten sich von mir ab und drehten sich auf den Absätzen um.

Ich drängte mich zwischen ihnen hindurch. Rosental und Schwarz standen aufrecht in der Mitte, Rücken an Rücken. Schwarz war größer. Sie fingen an, in entgegengesetzte Richtungen zu gehen. Schwarz schritt energisch vorwärts.

Rosental ging langsam und mit schweren Schritten.

Plötzlich, zum ersten Mal, seit ich ihn kannte, sah ich, dass er ein alter Mann war. Seine ganzen siebzig Jahre lasteten auf seinen Schultern und seinem Rücken. Seine Turnschuhe quatschten im Regen.

Und da, erst da, kapierte ich, dass nur noch einige Sekunden Zeit war. Nur noch eine oder zwei Sekunden blieben mir, diese dumme Komödie zu beenden, und ich stand da und träumte.

Ich platzte aus der Reihe der Alten und rannte zu der Stelle zwischen Rosental und Schwarz. Ohne die schreckliche Gefahr zu erkennen, in die ich mich begab, blieb ich mitten in der Schusslinie zwischen beiden stehen, schloss die Augen und schrie aus voller Kraft: »Schwarz, nicht schießen! Ich habe den Dieb gefunden.«

Ich wusste nicht, ob die Antwort die Stimme eines Menschen sein würde – oder das Knallen einer Pistole.

Es war oder es war nicht

Stille herrschte. Eine tiefe, lange Stille. Mein Körper war gespannt wie eine zusammengepresste Faust. Ich stand mit geschlossenen Augen und der Regen schlug mir ins Gesicht. Ich hörte, dass unter dem Häufchen der Alten, Rosentals Freunden, eine leichte Unruhe entstand.

»Wer ist dieser Junge?«, hörte ich die tiefe, gequetschte Stimme von Schwarz fragen.

Ich atmete auf.

Er hatte nicht geschossen.

Ich öffnete die Augen.

Schwarz befand sich jetzt ganz nahe vor mir und seine Augen brannten vor Zorn.

Aber die Mündung des Revolvers in seiner Hand war nach unten gerichtet.

Ich drehte mich nicht um, um Rosental zu sehen. Es war wichtiger, dem angriffslustigen Schwarz die Ereignisse zu erklären.

»Hören Sie, Schwarz«, sagte ich ohne jede Höflichkeitsfloskeln. »Hören Sie gut zu!«

Ich war so wütend auf diesen Mann, ich hasste ihn. Er war wirklich ein ungehobelter Klotz, der bereit war zu töten, und das nur aufgrund eines vagen Verdachts oder, vielleicht, wegen alter Erinnerungen.

»Ich weiß, wer Ihr Bild gestohlen hat«, sagte ich.
»Sie werden es zurückbekommen. Es kann sein, dass es schon bei Ihnen zu Hause ist.«

Schwarz schaute mich an. Er war verblüfft. Diese Wendung der Ereignisse hatte er nicht erwartet und noch weniger war er daran gewöhnt, dass man so mit ihm sprach.

»Woher bist du gekommen?«, wollte er wissen. »Wer bist du überhaupt?«

Die alten Männer versammelten sich jetzt um uns. Auch Rosental kam näher und stellte sich neben mich. Mir fiel auf, wie verzerrt sein Gesicht vor Aufregung war, und deshalb hasste ich Schwarz noch mehr.

»Ich hoffe, du weißt, wovon du redest, Freund David«, sagte Rosental. »Ich halte das nicht noch ein zweites Mal aus.«

Und ich stand dort und wusste, dass keine Erklärung von mir Schwarz überzeugen würde, der vor lauter Wut schon ganz weiß im Gesicht war. Ich hatte Angst, er würde gleich auf mich schießen, und betete im Stillen, dass Ann alles genau verstanden hatte. Ich wusste, dass nur sie mich aus dieser schrecklichen, wirren Situation retten konnte.

»Geh weg hier, Junge«, sagte Schwarz. »Geh nach Hause.«

Dann wandte er sich an Rosental. »Wir fahren an der Stelle fort, an der wir aufgehört haben.« Er ging ein paar Schritte zurück und hob den Revolver.

In diesem Moment bewegte sich etwas unter den

Apfelbäumen und Ann Strauss trat hervor. Doch sie hatte nicht ihre Jeans an und sie hatte auch nicht die riesige Brille auf der Nase.

Sie trug ein prächtiges Kleid, lang und mit Puffärmeln – ein Kleid, wie es früher Mode gewesen war und das wir in Veras Lager gefunden hatten. Auf dem Kopf hatte sie einen Hut mit einer breiten Krempe, an dem eine blaue Vogelfeder befestigt war. Auch den Hut hatten wir bei unserer fieberhaften Suche in den Bergen von alten Kleidern und gebrauchten Sachen im Lager entdeckt. Unter dem Hut quollen Anns blonde Haare heraus und ihr roter Mund lachte fröhlich. Wie ein Wassertropfen dem anderen glich sie Edith, ihrer Mutter, deren Bild ich am Morgen in dem Buch über jüdische Malerei der Gegenwart gesehen hatte.

Ihr hättet die Gesichter von Rosental und Schwarz sehen sollen! Sie waren wie vom Blitz getroffen. Die Revolver glitten aus ihren Händen und fielen zu Boden, und sie rannten – was sage ich, rannten – sie flogen zu Ann, nahmen jeder eine ihrer Hände und küssten sie ehrfürchtig.

So standen sie alle drei und sahen aus wie ein Bild aus einem alten Geschichtenbuch.

Jetzt erst fühlte ich die feuchte Luft, schloss die Augen und atmete tief ein.

Das alles ist vor sechzehn Jahren passiert. Als ich mich hinsetzte und die Geschichte schrieb, wusste ich genau, dass ich mich an die wichtigsten Dinge erinnern würde. Ich könnte sie auch nicht vergessen. Denn jedes Jahr am 20. Oktober, dem Tag, an dem das Duell fast stattgefunden hätte, treffen wir uns in einem Jerusalemer Café und reden über die Ereignisse des damaligen Tages.

Wenn ich sage »wir«, dann meine ich Rosental, der heute ein jugendlicher und energischer Mann von weit über achtzig ist. Vera, die immer noch mit ihrem armseligen kleinen Auto zu den Treffen kommt und immer noch aufrecht und stolz ihren Laden für gebrauchte Sachen führt, den fast niemand besucht. Ann Strauss, die nun Ann Lapidot heißt und zwei Töchter und einen kleinen Sohn hat. Übrigens, die älteste Tochter heißt Edith – nach ihrer Großmutter Edith, der Malerin.

Auch einige Freunde von Rosental kommen zu diesen Treffen. Zwar werden es von Mal zu Mal weniger, doch Gamliel Stern kommt immer noch. Und auch Chaimon, der Besitzer des Café Almog, erscheint, obwohl es das Almog schon lange nicht mehr gibt. Die Treffen finden im Café Savion statt.

Interessiert jemanden, was aus Schwarz geworden ist? Ich werde euch von ihm erzählen.

Sofort, nachdem Ann zwischen den Bäumen in der Plantage aufgetaucht war und nachdem ich allen Anwesenden die Verknüpfung der Ereignisse erklärt hatte und nachdem auch Ann die Geschichte ihres verantwortungslosen Handelns berichtet hatte, verkündete Schwarz, dass er bereit sei, ihr das Bild zu schenken, das er besitze, das Bild des Mundes.

Ann sagte, sie wolle ihm keinen Kummer machen, denn sie wisse, wie wichtig ihm das Bild sei.

Aber er beharrte darauf, dass sie das Bild haben sollte. Und wenn er es von Zeit zu Zeit einmal sehen wolle, wäre er froh, wenn sie ihm erlauben würde, zu ihr zu kommen und es zu betrachten.

Ann stimmte sofort zu.

In den Jahren danach besuchte Rudi Schwarz Ann zuweilen – zuerst in Kiriat Anavim, dann in Jerusalem, wohin sie nach ihrer Heirat gezogen war. Er nahm nie an unseren jährlichen traditionellen Treffen teil, aber Ann erzählte, dass sie die Verbindung mit ihm aufrechterhalte und dass er ihre Kinder sehr möge. Als sie beschrieb, wie ihre Edith Schwarz auf den Schoß kletterte, dachte ich, er hätte vielleicht doch etwas Menschliches an sich. Aber der Groll, den ich gegen ihn empfand, ist mit den Jahren nicht geringer geworden.

Heinrich Rosental kann man heute noch in den Straßen von Jerusalem treffen. Er geht in Turnschuhen herum und die alte Box baumelt ihm von der Schulter. Die Jahre, die vergangen sind, haben ihn kaum verändert, nur dass er sich heute auf einen Stock mit einem ziselierten Metallknauf stützt. Übrigens, diesen Stock habe ich für ihn in Veras Lager gefunden, unter den alten Sachen.

Rosental lebt immer noch in seinem Zimmer im Altersheim in Beit-Hakerem, auch der graue Koffer steht noch dort, zusammengebunden mit zwei Stoffgürteln. Ich brauche vermutlich nicht zu erwähnen, dass auch er sofort bereit war, Ann sein Bild zu schenken, das Bild mit den traurigen Augen, die andere Hälfte von Ediths Gesicht.

Ann hat mir gesagt, dass auch er sie manchmal zu Hause besucht, und dann hält er das Bild in den Händen und schaut es lange an.

Einmal hat er ihr die Geschichte seiner Liebe zu ihrer Mutter erzählt.

»Das war eine unmögliche Liebe«, hat er gesagt und hinzugefügt, dass das Herz gerade von den unmöglichen Dingen am meisten angezogen wird.

An diesen Satz habe ich mich erinnert, als ich diese Geschichte schrieb. Ich dachte nämlich, mir würde keiner glauben. Wer kann sich auch vorstellen, dass in Jerusalem, mitten in den Sechzigerjahren, fast Blut geflossen wäre bei einem Duell?

Aber dann fiel mir Rosentals Satz ein und ich beschloss, trotzdem alles aufzuschreiben. Die Dinge, wie sie wirklich waren. Auch die Fantasien – wie sie wirklich waren. Und die Grenzen dazwischen, schwach und verschwommen, wie im Leben selbst.

Inhalt

David Grossman wurde 1954 in Jerusalem geboren und gehört zu den bedeutendsten Erzählern der israelischen Gegenwartsliteratur. Er schreibt für Erwachsene und Kinder. Seine Bücher wurden in viele Sprachen übersetzt und mit zahlreichen Preisen ausgezeichnet. Die meisten seiner Bücher sind im Hanser Verlag erschienen. Im Hanser Kinderbuch gibt es bereits den Jugendroman »Zickzackkind« (1997) und das Vorlesebuch »Joram und der Zauberhut« (1998).

Von David Grossman ist ebenfalls erschienen:

Zickzackkind

Aus dem Hebräischen von
Vera Loos und Naomi Nir-Bleimling
432 Seiten
ISBN 3-446-18070-2

Woher komme ich? Was wird aus mir? Der dreizehnjährige Nono muss sich erst ungewollt auf eine abenteuerliche Reise einlassen, um Stück für Stück die richtigen Antworten zu finden. Ein Ereignis jagt das andere. Und mehr und mehr scheint sich ein mögliches Ziel im Zickzack der immer schneller und undurchschauberer wirkenden Ortswechsel zu verlieren. Wer ist der Mann, den Nono im Zug kennen gelernt hat? Warum wird er von ihm so in den Bann gezogen, dass er jede Vorsicht verliert, bis die Polizei hinter ihnen her ist? Grossman entführt immer tiefer in das unerschöpfliche Reich seiner Fabulierkunst zwischen Wirklichkeit und Magie.

David Grossman beherrscht die Kunst der Verzögerung und Beschleunigung, lockt im orientalischen Tonfall von Tausendundeiner Nacht, lächelt dem Leser ironisch beim Perspektivenwechsel zu, verfügt über diese atemlosen, aber immer korrekt gekleideten Sätze – und bleibt trotzdem ein Kind. Dieses große Märchen verlangt nach einer Fortsetzung.« DIE ZEIT

Bei David Grossman wird Lesen eine süße Sucht. Am Ende ist man beseelt und ein wenig erschöpft – wie nach einem schönen starken Traum. Ein wunderbares, ein virtuoses Buch.
Frankfurter Rundschau

Von David Grossman ist ebenfalls erschienen:

Joram und der Zauberhut

Aus dem Hebräischen von Mirjam Pressler
mit Bildern von Jacky Gleich
80 Seiten
ISBN 3-446-19256-5

Sechs wunderschöne Gutenachtgeschichten zum Vorlesen und Träu-
men erzählt David Grossman in diesem Band: Geschichten von Joram
und seinem Papa, die sich gemeinsam alles ausmalen und in die Tat
umsetzen, was Joram an Vorstellungen und Ideen in den Kopf kommt.
Mit lustigen Bildern von Jacky Gleich.

*Grossman versteht sich meisterhaft darauf, zwischen Wirklichkeit und
Fantasie hin- und herzugleiten. Genau wie Kinder es oft erleben.*

Die Welt

*Nach seinem furiosen Jugendroman »Zickzackkind« präsentiert sich
einer von Israels bedeutendsten Erzählern auch als Meister der Kinder-
erzählung. Grossman ist ein souveräner Wanderer zwischen den Generationen. Jacky Gleich hat wunderbare Bilder zu diesem Buch gelie-
fert, die Jorams Gefühlswelt entsprechen.*

Der Tagesspiegel

*Einen poetischen Ausflug in kindliche Fantasiewelten unternimmt
David Grossman mit seinen sechs heiter-nachdenklichen Gutenachtgeschichten. Er erzählt behutsam und mit Augenzwinkern und wird mit
seinen zarten Joram-Geschichten sicher viele kleine Freunde finden.*

Hannoversche Allgemeine Zeitung

Bei Hanser ist außerdem erschienen:

Amos Oz
Sumchi – Eine wahre Geschichte über Liebe und Abenteuer

Mit Bildern von Quint Buchholz
96 Seiten
ISBN 3-446-17391-9

»Einmal bekam ich ein Fahrrad geschenkt und tauschte es gegen eine Eisenbahn, für die ich einen Hund bekam, an dessen Stelle ich dann einen Spitzer fand, den ich gegen Liebe hergab. Doch auch das ist nicht die volle Wahrheit, denn die Liebe gab es die ganze Zeit, schon bevor ich meinen Spitzer herschenkte ...«

Eine Hans-im-Glück- und eine Liebesgeschichte, eine Geschichte von der Sehnsucht (nach dem Land Ubangi-Schari tief in Afrika) und vom Erwachsenwerden, ein Buch für Kinder, aber längst nicht nur – und vielleicht das persönlichste des Friedenspreisträgers des Deutschen Buchhandels.

Von der ZEIT und Radio Bremen ausgezeichnet mit dem »Luchs«.